同文書庫·厦門文獻系列 第四輯 伍

拙廬談虎集

沈觀格·撰

厦门大学出版社
XIAMEN UNIVERSITY PRESS
国家一级出版社
全国百佳图书出版单位

图书在版编目(CIP)数据

拙庐谈虎集/沈观格撰.—厦门:厦门大学出版社,2019.12
(同文书库.厦门文献系列.第四辑)
ISBN 978-7-5615-7580-2

Ⅰ.①拙… Ⅱ.①沈… Ⅲ.①谜语—汇编—中国 Ⅳ.①I277.8

中国版本图书馆 CIP 数据核字(2019)第 273540 号

出 版 人 郑文礼
责任编辑 薛鹏志 章木良
封面设计 李嘉彬
技术编辑 朱 楷

出版发行 厦门大学出版社
社 址 厦门市软件园二期望海路 39 号
邮政编码 361008
总 机 0592-2181111 0592-2181406(传真)
营销中心 0592-2184458 0592-2181365
网 址 http://www.xmupress.com
邮 箱 xmup@xmupress.com
印 刷 厦门集大印刷厂

开本 787 mm×1 092 mm 1/16
印张 13.25
插页 3
字数 200 千字
印数 1~1 000 册
版次 2019 年 12 月第 1 版
印次 2019 年 12 月第 1 次印刷
定价 140.00 元

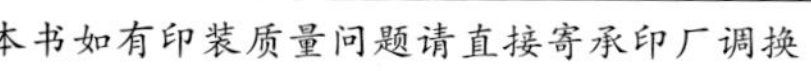

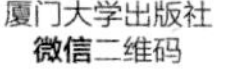

厦门大学出版社
微博二维码

總　編：

中共厦門市委宣傳部

厦門市社會科學界聯合會

執行編輯：

厦門市社會科學院

『同文書庫·厦門文獻系列』編輯委員會

目錄

前言

《拙廬談虎集》是近代厦門學者沈觀格所作的一本有關燈謎的製作歷史、格式、實例品評的專門著作，一九六〇年於香港出版，現據原版影印刊行。

一、作者生平

沈觀格（一八九二—一九六一），字錫標，號拙廬主人，因晚年多病，又自號鷺江病叟。祖籍同安，從祖父起即在厦經商，遂家於厦門。沈觀格於一八九二年十月一日出生於厦門。其父沈榮華，字翰卿，曾就學於當時厦門名士李維貞門下，以『性孝友，克盡子職』，而被編入《民國厦門志》孝友傳，但年屆而立即因病去世（《民國厦門志》第三八四頁）。因早年失怙，沈觀格十六歲時即棄學而『就錢業爲學徒』，第二年擢升爲司賬。在做學徒期間，沈觀格向學之心甚篤，與三五好友一起組織夜校，延請文士李梅生爲師，潛心研習。雖然同伴數人中途休學，沈觀格卻一直堅持了下來。

一九一七年，沈觀格南下，原本應某親戚引薦到新加坡某銀行任職，但當沈觀格趕到新加坡時，此一職位已有人出任，沈觀格只好轉到印尼三寶壟某華僑所辦仲烈公司任職會計和批房，其間還兼任泗水《泗濱日報》駐三寶壟特約記者。此時歐戰方酣，受戰爭影響，雖然有許多商家因囤聚物資而發了戰爭財，但廣大職工店員薪水並未提高。況且由於當地物價騰貴和貨幣貶值，許多華人職員生活窘迫，原本承擔向國內寄款養家的重任，此時卻無力負擔。沈觀格與王雨亭、魏泳沂、洪燈潭、黄金浦諸人，急人所急，發動聯絡華僑員工向三寶壟商會提出增薪請願。請願結果，是當地工人普遍獲得原薪四分之一至一半的增薪收益。其他商埠聞訊，也起而請願增薪，致使當地工人活動勃興一時。沈觀格爲此寫了《提倡增薪》一詩，記叙此事：『歐戰期中物價升，職工微俸有誰矜？愴懷爲作登高籲，克告增薪勝百朋。』

增薪請願事件後，沈觀絡及友人又與泗水工黨聯絡而組織工黨。事後，由三寶壟、泗水的工黨組織合資創辦《真理報》半月刊，由雅加達《華鋒日報》創辦人白蘋洲任總編輯，後又由旅居菲律賓的傅無悶繼任。不料只出版三期即『遭讒停版』，總編輯白蘋洲、經理王雨亭以文字涉嫌，被荷蘭殖民當局驅逐出境，刊物遂亦告停辦。

關於這兩件事，沈觀格也有詩記敘。《組織工黨》：『增蕲已達慮根浮，澆水培根進一籌。壟黨組成聯泗黨，互相聲應互相謀。』《創辦〈真理〉半月刊》：『真理洋洋擬六經，方酣大夢有誰醒？文章詞義驚魑魅，嫩蕊飄風慨落零！』

在此一期間，沈觀格及友人鑒於南洋僑胞大半早年失學，尤以底層勞動者居多，便組織創辦了『平民日夜學校』，以使工人有接受教育的機會。日校先從初小著手，夜校則教授漢文、英文等。學校開辦後，就學者甚多，校務迅速發展。沈觀格有《設立平民日夜學校》一首記其事：『勞動同僑失學多，晨昏攻讀各殊科。春風坐立莘莘子，繪罷烏兒唱罷歌。』

正值沈觀格在當地有所作爲之時，卻在不久後陷入疾病纏身之境。一九二二年冬，沈觀格初患感冒，繼而由於醫治、休養不善，疾病加劇，數月間轉至『口不能言』之險境。正當『群醫束手，命懸一線』之時，幸得一荷蘭醫生診治，才從虎口脱難，又休養七八月之久，始能慢慢活動，但仍然『腦力不足』、『多汗』頻發。其間，沈觀格收入全無，醫療及生活等費用全靠朋友及此前組織成立的『工黨中諸同志量力幫助』。一直到一九二五年，工黨同志馮啟明在三寶壟附近承租有一個椰園，邀請沈觀格前去休養。因園内環境幽勝，空氣清新，沈觀格才得以『氣血日見充沛』。其間又得到一德國醫生的醫治，『腦力不足』的疾患才得以解除。至於『多汗』一疾，直至返國後多方調養才得以『逐漸告瘳』。

一九二六年六月，沈觀格因『旅外十載，多半時間爲病魔所磨折』，兼『回思故里之妻兒廬墓』，遂決定返厦門定居（《厦門市志》誤爲『民國十六年』即一九二七年，見二〇〇四年版《厦門市志》，第三九七六頁）。歸程所需，仍由江金耀、馮啟明等人『代籌資斧』。有感於友人熱情相助，沈觀格寫詩一首相贈：『肉骨生人感至誠，推襟通夢有誰京？馮江高義淩霄漢，超絕汪倫潭水情！』詩中『馮江』，即指馮啟明、江金耀二人。

沈觀格返厦後，先後在銀行、錢莊擔任會計。一九四〇年冬初，厦門淪陷期間，沈觀格被敵偽派警拘留，在鼓浪嶼日本領事館旁的日本員警署監獄裏被關押十天，其罪名是充當『諜民』、『兒子任中國漳州警官』等。獲釋後，沈觀格曾寫《倭禍歎》一詩云：

敵寇侵華夏，金厦繼陷淪。賊騎踐踏處，十室九家貧。
輾轉亂離中，有誰可告陳？蒿目流亡客，相看太息頻！
處此淫威下，傷心又怒瞋！雖無縛虎力，寧肯作羊馴？
移家居鼓嶼，原意避荊榛。綢料偽密探，謂吾充諜民。
兒子任警政，不容作辯申。拘留敵領館，自忖伴青燐。
反復俾查畢，坐牢經一句。甘言施誘惑，中日應相親。
義憤填胸臆，舍生不帝秦。卒因無罪證，還我自由身。
但願國軍至，驅倭殲海濱。同盟齊勝利，大地應回春！

詩中表現了沈觀格的愛國精神和民族氣節。此次蒙難後，沈觀格即以華僑身份，申請全家移入大陸，住在石碼（當時又名錦江），曾多次參加當地錦江吟社和文虎社的活動。抗戰勝利後，始還回厦門。厦門解放後，沈觀格年事漸高，退休在家，但仍孜孜不倦地寫詩、作謎、著述，一九六一年四月一日在厦門病逝。

二、創作活動

從現存資料看，沈觀格的創作活動主要體現在『談謎』和『制謎』兩個方面。《拙廬談虎集》一書，共包括涉及謎語歷史、掌故，制謎格式探討，謎語舉例、品評等內容共三十四則，另有《謎體舉例》

一篇、《謎格舉例》一篇共六十條，附錄有《零墨》一篇。

至於本書的寫作原由，前面有作者自序一篇，自陳『性嗜謎，老而彌篤』，因爲有憾於當時衆多謎書『或操調過高，難期普及；或徒事轉載，無裨實用』，是以作者『欲力反前轍，而抱推廣謎學之愚忱，特將他人燈話所載，及已作之諸謎，撮其要者作學理上之分析，爲優劣點之品評，批隙導窾，務使得間中肯而後快』。書前有李禧、姜老漁兩人所作序言。李序評價沈作：『論古則眼光撑炬，翻新亦心緒抽蕉，而又搜羅充實，解釋分明，洵足嘉惠後學矣！』姜序也認爲沈作：『花團錦簇，匠心玲瓏，最堪嘉贊！』因爲李、姜二人是當時厦門文化界知名的文人，也是制謎、猜謎的高手，從這兩篇序言看，上述作者的用心是沒有落空的。

對厦門謎界的活動歷史、人物及故事的記錄，厦門文人創作謎語舉例、組織燈謎活動的介紹，是《拙廬談虎集》的主要内容之一。

自兩宋以來，福建成爲人文興盛之地。制謎、猜謎這種主要是由文人宣導的文字遊戲，也呈現長盛不衰的局面。特别是清末民初時，『尤以科舉廢後，文人之嗜謎者，更相與結社搜討』（《拙廬談虎集》第一則。爲節省篇幅，此後凡引本書内容，均不再注明）。沈著記載：

吾厦名謎家，代不乏人，在清末時，聞李小穀先生言：有王步蟾孝廉今坡、吕澂孝廉淵甫、周殿修孝廉梅史、錢作霖秀才子若（或作雨若）、柯棨試貢生碩甫等，曾在漳州合刊一謎書，名《五加皮》云云。觀此，雖非全豹，已可窺見一斑矣。

洎乎晚近以來，以余所知者，則有李小穀、柯伯行、盧蔚其、王迪臣諸先生，是皆當地之名宿，而邃於謎學者也。此外，《靈霄閣謎話》所載：本島謎家而兼著有謎書者，如許宗岳、蔡維中、林桂舟、陳厚菴等，則尚不下十餘輩，以限於篇幅，不及細舉。

以上所舉，均爲厦門當地學養深厚、聲聞一方的文人。由於他們的推動和普及，厦門及周邊一帶各類謎語活動如元宵節猜燈謎更加盛行。

厦門燈謎活動的盛行，與厦門名士文人的推動有極大關係。據史料記載，厦門此前並無謎社團體，至光緒二十八年（一九〇二年）（謝雲聲《靈霄閣謎話初集》記載是一九一四年），陳培（字厚菴）召集同好十餘人，組織了『萃新謎社』。李禧、柯伯行、盧文啟盧心啟兄弟、謝雲聲、陳佩真等先後加入。社中集結了清末民初厦門地區的謎壇能手，其中許多人就是文化界、教育界的知名人士。如李繡伊是著名的詩人，又是文化、教育和新聞工作者。謝雲聲是詩人，又是教育和民間文學工作者。柯伯行是教育工作者，厦門前輩謎家柯碩士的侄兒。柯碩士和他的兒子柯伯耀、柯伯煌及侄子柯伯行、柯伯昭，一家五人都是制謎能手。盧文啟和盧心啟兄弟是日本侵佔臺灣後於一八九六年移居厦門的臺灣同胞，一九〇一年兄弟二人同時考中秀才，都喜愛燈謎，都是制謎能手。『萃新謎社』在國內謎界也大有名聲，如李禧、陳培、王迪成、柯伯行、姜老漁五人，被國內謎界稱爲『春燈五老』，王步蟾、柯榮試、李禧、姜老漁則被譽爲『春燈四皓』等。

『萃新謎社』還組織各種燈謎活動，吸引社會人員參加。每月組織社員參加制謎猜謎活動一次，稱

『内猜』。逢節假日，則組織社會群衆可以參加的『外猜』燈謎活動。爲了助興，組織者還備有一猜囊，猜中者獲得此囊外，還在門外大放爆竹，並鳴鼓慶賀，第二天將謎囊並準備酒食、文房四寶之類，前導以鼓吹，並制一錦旗，上書『果然奪得錦標歸』七字，送到中獎者之家，如科舉時代中舉一樣。衆人爲爭得錦標，須費盡心思。如此循環往復，使謎社活動保持長盛不衰。

厦門文人不特推動各類燈迷活動，還積極從事燈迷著作的創作。這些作品包括謎語集、畫謎集和謎話等。在謝雲聲的《靈霄閣謎話初集》中，列舉了作者收藏的或見到過的厦門文人創作的燈謎書籍有三十多種。這些燈謎作品，『或如初發芙蓉，或若鋪錦列繡，俱令人可愛』，受到沈氏的看重。因此，《拙廬談虎集》也多方記錄了這方面的有關資料，如前述提到的謎書《五加皮》一書，沈氏在本書第二十一條中另有記載：

> 承李小谷先生惠贈一箑（扇子），箑之一面，蓋上上距今約四十年間曾經合刊《五加皮》謎書之王步蟾、吕澂、周殿修、柯榮試、錢作霖諸前彦印章，印章下各加注名字別號，並附跋語云：右五先生著謎《五加皮》，王、周、柯三先生各有謎集藏於家。若吕錢二先生所傳者數條而已。觀格仁兄好謎，並能搜羅掌故，可謂同志也。

扇子的另一面有李禧題詩一首曰：

> 思量燈味憶兒時，每過詒園悵七嬉。
> 一樣叢殘歸浩劫，卅年神往五加皮。

據有關研究資料記載，上述王步蟾等五人所著的《五加皮》一書，是厦門最早完成的燈謎作品。其核心人物王步蟾，字桂庭，又字金波，是厦門清末民初的著名詩人，也是熱心的謎家。其著作，除《小蘭雪堂詩集》外，還有一本《小蘭雪堂謎集》。沈觀格對《小蘭雪堂謎集》評價很高，認爲其『片言隻字，尤爲士林所寶重』。

《拙廬談虎集》也記錄了當時厦門文人間交往、唱和。如姜老漁詠李小穀：『曆長圖書學識多，裁詩逐句可弦歌。逸才屈宋班超老，談謎令人倶倒戈。』詠柯伯行：『書香馥鬱百花驚，古老應憐太瘦生。諸子百家皆爛熟，謎壇宿將此干城。』雖詞涉誇張，但從中可見當時文人間的儒雅醇厚。雖時不過百年，但今日觀之，有恍如隔世之感。

對如何才能製作出好的謎語，沈觀格進行了探討，『上乘之謎，以能面底典雅渾成，無懈可擊，其次，須意義貫通，字字允洽，切忌拖泥帶水』。這一方面，當是滬上文壇鴛鴦蝴蝶派的奠基者徐枕亞，也是國內謎界的代表人物，曾有精當的評論，他認爲：

文虎雖小道，然非心靈手敏者，不足以語此。心靈矣，而少誦讀書之功，寡博聞強識之力，胸中所儲蓄，不足以供其驅遣，仍不足以語此。其有讀書雖多，食古不化者，其詩文或有可觀，一談此道，則瞠目結舌，不能道隻字，縱飲以三升墨水，亦無由鑿開一竅也。顧謎之取徑至狹，而所包至廣。滿天地，亙古今，事事物物，形形色色，無一不可爲謎之資料，故其爲文也，無所不備，無雅俗共賞，新舊咸宜，其性質近於美術文字，而未脱理想之範圍，無文章之用而擷其精華，無詩詞之功而深其趣味。此蓋宇宙間靈機之偶泄者，人籟亦天籟也。古人云：雖小道必有可觀者焉，其斯之謂歟！

沈觀格在書中引用了這一段話，並認爲其他謎家所言，只是得制謎之一鱗半爪，而只有徐氏能『探得驪珠者之言』，切中制謎要義。

《拙廬談虎集》除正文三十四則外，尚有《謎體舉例》一篇、《謎格舉例》一篇共六十條，附錄有《零墨》一篇，包括『拙廬零墨』和『文存』兩部分。『拙廬零墨』包括作於新中國成立前後詩鈔三十五首。前四首爲《旅壟即事詩》，即作者後期對早年南渡三寶壟時發動增加薪酬、組織工黨、創辦報刊、設立平民學校等活動的紀事詩作。其他詩作中，有前述《倭禍歎》等。『文存』有《先嚴小傳》一篇，是沈觀格爲其父沈翰卿所作的一篇小傳，後被編入《民國廈門志·孝友傳》。詩鐘話五篇，聯話五篇，名爲《談雞年》的文章一篇。此外，還有回憶短文三篇，沈觀格早年在三寶壟工作及因病回國的經歷，由此而得以保存。

除《拙廬談虎集》外，沈觀格還編有《拙廬燈虎集》一書，是沈觀格先生歷年所作、所記燈謎的彙編，計七百多條，分爲文學類、雜組類、特種類三種，並附有物謎一則，畫謎四十二圖。爲便於初學者閱讀，大都加上音義注釋、典故出處、謎語『體』『格』作用及構造意義等，一九六六年六月香港友聯書報發行公司印行。另有《物謎》一種，據稱在『文革』中散失；《畫謎》一種，尚未見出版。

廈門的燈謎活動在新中國成立後仍然時有舉行。除李禧外，後來繼李禧出任廈門圖書館館長的余少文、書法家羅丹等人，也是組織燈謎活動的熱心人。因爲時代的變遷，燈謎活動有了新内容的加入，沈觀格當時觀測，『文虎在現人，已不徒如古人之視爲美術遊戲文字，而是深入民間，爲一般人所共喻與愛好者矣。故不特春秋佳日，藉以點綴風光，並已用作宣傳教育、政治、經濟建設之利器矣』。現在，厦門的燈謎活動仍然是節慶或大型活動之時群眾熱心參加的内容之一。當然，這與當年先輩文人的提倡和推動是分不開的。

李文泰

二〇一九年七月

拙廬談虎集

沈觀格著

附拙廬零墨

俯察品類

歐戰期中閔念僑工忝居絕域衝鋒卒

拙廬主人小影

鷺江陷後仇恨日寇曾作南冠強項囚

病叟自題

拙廬談虎集

（附拙廬零墨）

沈觀格著

一九六〇年冬出版

拙廬談虎集自序

余性嗜謎，老而彌篤。嘗以隱書之出品雖多，而謎話獨少，且堪資爲初學作範本者，更覺末之前聞也。試就前人所著之談謎言，或操調過高，難期普及；或徒事轉載，無裨實用。蓋皆受舊作風之薰陶，「只爲智者道，不爲俗人言」故耳。

余不敏，竊欲力反前轍，而抱推廣謎學之愚忱，特將他人燈話所載，及已作諸謎，撮其要者作學理上之分析，爲優劣點之品評，批隙導窾，務使得間中肯而後快。此外，復將謎體謎格兩部門，加以搜羅彙集，並各舉其例，作出具體之指陳，俾初學可以循軌而行，而製謎之道，亦不外乎是矣——此談虎集之所由作也！

惟念謎學之溥大淵深與神妙無方。有非才識疎庸如格者，所能窺測其萬一？所望海內外謎壇博雅，秉提倡文學藝術之精神，作有關學術之探討，相與努力發掘，以俾謎學之日益昌明光大，則謎界之厚幸！亦吾人之慶幸也！

編次，蒙李小谷先生，惠貺不少可貴材料，殊堪感佩！此不特足以增光拙作，抑亦裨益燈事不淺也。順此道及，藉申謝悃！

又余詩數十首，文若干篇，因其係已往跋履，及有關事跡之記述。就中以旅居壆川時，

二

曾首倡增薪運動，並組織工黨，發行刊物，開辦學校。暨抗戰時期遭受日寇拘囚等作，皆未忍割愛者。爰附刊編末，署曰拙廬零墨，以誌泥爪云。

戊戌年春日鱸江病叟沈觀格敍於拙廬

序一

憶柯碩士先生謂：吾廈燈謎，以癸丑爲盛。但謎彥何人？有何佳製？先生不能言也。壬寅吾廈謎界中興，謎彥何人？有何佳製？余言不能詳也。是蓋年光悠閑，燈影就湮矣！若是乎謎話之輯烏可已耶？頃者沈君觀格出大著拙廬談虎集見眎，悉君浸淫謎學卅餘年，遠適南洋，深入內地，數數縣燈，豐富多綵；論古則眼光撐炬，翻新亦心緒抽蕉，而又搜羅充實，解釋分明，洵足嘉惠後學矣！竊維文運興衰，關於世運通塞，謎雖小道，不能例外，科舉時期，學子思想集中試帖時文，一二聰明通脫之士，偶觸靈機，遄飛逸興，課餘射覆，博弈猶賢。然師友詫爲荒嬉，談虎色變，甚而駭侮及聖賢，且申告誡矣！謎學安期進步歟？現代隱語且資宣傳，材料別求園地，經文任便剪裁，詞曲公開引用，羯鼓催花，滿林紅紫，繡簾捲雨，一室珠璣，此編出版，恰值其時，爰樂爲之序。

戊戌燈宵小谷氏贅墨於紫燕金魚之室

序二

春燈射虎，原效法中郎黃絹之作。蓋亦謎界韻事，其辭妙解，其旨幽隱，故爲之者必新奇雅致；猜之者必豁然貫通，乃有劇趣。吾友沈子觀格，出所製拙廬談虎集索評閱之，花團錦簇，匠心玲瓏，最堪嘉讀！按文虎一道，雖係嬉娛，但立意藏机，必須淵博；並要底面俱佳，方稱上乘。余本樂此，今老矣，無能爲也！溯歷南洋，徧臨謎壇，觀亢所心得而精米拔萃者，亦復不少，何如沈君執生花之筆，揮織錦之文。且選擇又極工整，其用心之至，實令人佩服焉！爰泐數言，以爲之序。

戊戌春分後三日姜老漁書于豁涯隱次

拙廬談虎集

沈覲格著

一

謎之源，蓋出於古隱語：戰國時代，淳于髡有大鳥之刺，鍾離后有四殆之陳；及左傳河魚腹疾之喻，韓非子右司馬御座而與王隱之語，即其類也。然尤以黃帝夢驅羊事，已兆其端，斯爲最古者矣。惟堪當爲謎之正宗者，厥爲曹娥碑背之題字，漢孔融，晉潘岳等之離合詩。他如，題鳳題午，磨麥剖梨，亦是謎是隱，熟在人口者也。

夫古人於謎，原視爲游戲之作，不過偶爾一爲，且汲汲於制藝，獵取功名，故乏專書之著。迨滿清一代，謎風始見盛行，尤以科舉廢後，文人之嗜謎者，更相與結社搜討，或雄峙對立，或鼎足而三，人才薈萃，競秀爭流；門分類別，索隱鉤深。於是有關于謎之書籍，亦刋行日多，遂蔚成今日之鉅觀焉。懿歟盛哉！此不獨保存固有之國粹，抑亦在寰球文藝史上，可視爲天造地設，足以自豪之獨一無二之神品也歟？

二

漢北海孔融之離合作郡姓名字詩。宋東坡蘇軾之神智體晚眺詩。二詩體古調別，各擅妙諦，世不多覯，爲錄如下：

北海離合體四言詩云：——

「漁父屈節，水潛匿方，與峕進止，出行施張。（上聯離魚字，下聯離日字合爲魯。）呂公磯釣，合口渭傍，九域有聖，無土不王。（上聯離口字，合下聯離或字，合爲國。）好是正直，女回於匡，海外有截，隼逝鷹揚。（上聯離子字，下聯當離乙字，古文與今文不同，合爲孔。）六翮將奮，羽儀未彰，蛇龍之蟄，俾也可忘。（上聯離鬲字，下聯離虫字，合爲融。）玟璇隱曜，美玉韜光。（離文字。）無名無譽，放言深藏，按轡安行，誰謂路長。（上聯離與字，下聯離才字，合爲舉。）」

全詩離合共成魯國孔融文舉六字。見古詩紀。

東坡神智體一首：——

「亭景畵　老拖節　首雲暮　江蘸峯」

詩云：「長亭短景無人畵，老大橫拖瘦竹節。回首斷雲斜日暮，曲江倒蘸側山峯。」

（附回文類聚載稱：神宗熙寧間，北朝使至，每以能詩自矜，以詰翰林諸儒，上命東坡館伴之，北使乃以詩詰東坡，東坡曰：賦詩亦易事也，觀詩稍難耳，遂作晚眺詩以示之，北使惶愧莫知所云，自後不復言詩矣。）

此外，如六朝鮑照之字謎詩。及南宋人苕溪集之拆字詩。亦均堪資櫝楷，併爲選載，以餉閱者：——

鮑照字謎詩云：「二形一體，四支八頭，五八一八，飛泉仰流」隱井字也。（釋）飛泉仰流也者，垂綆取水而上之，故曰仰流也。一八者，井字八角也。五八者，拆井字而四之。則其字爲十者四也，四十則五八也。此爲謎字之始。

苕溪集拆字詩一首云：

日月明朝昏　山風嵐自起　石皮破仍堅　古木枯不死
可人何當來　意若重千里　永言詠黃鶴　志士心未已

三

吾廈名謎家，代不乏人，在清末時，聞李小谷先生言：有王步蟾孝廉今坡，呂激孝廉淵甫，周殿修孝廉梅史，錢作霖秀才子若（或作雨若），柯榮試貢生碩甫等，曾在漳州合刊一謎書，名「五加皮」云云。觀此，雖非全豹，已可窺見一斑矣。

洎乎晚近以來，以余所知者，則有李小谷，柯伯行，盧蔚其，王廸臣諸先生——是皆當地之名宿，而邃於謎學者也。此外，鼇齊閣謎話所載：本島謎家而兼著有謎書者，如許宗岳，蔡維中，林桂舟，陳厚菴等，則尚不下十餘輩，以限於篇幅，不及細舉。

比承小谷先生之介，獲交姜老漁先生，得讀其近作——「春燈四皓」之詩。四皓者：即上述之李、柯、王、及姜本人也。嗣以李先生併及盧蔚其一老，而稱五老焉。茲錄姜李二老所詠之詩於下，以踵前賢「五加皮」之韻事，亦「藝苑珍聞」也已。——

姜老漁先生春燈五老詩云：——

歷長圖書學識多，裁詩逐句可弦歌；
逸才屈宋班超老，談謎令人俱倒戈。——李小谷

書香馥郁百花鶯，古老應憐太瘦生；
諸子百家皆爛熟，謎壇宿將此干城。——柯伯行

富而好禮世家兒，遊泮年青早及時；
老健多才多藝術，擅長文虎弈秋棋。——王廸臣

最羨當年留種園，至今猶見綠蔭繁；
嘉苗待播春燈節，老練精華燦上元。——盧蔚其

老漁今已鬢蒼皤，初把詩鈎仔細磨；

摹倣曹碑塡絕妙，莊諧雅俗盡搜羅。——姜老漁

李小谷先生春燈五老詩云：——

（一）姜老漁

燈味醰醰燈影青，老人燈伴老人星，翦花簇錦成詩謎，絕似當年張旭庭。

（二）柯伯行

鳳山前後鳳翱翔，耿耿黃昏燭影光；（許師文淵亦工謎居鳳山宮前曾在宮內懸燈有「燭」謎一條外文有耿耿黃昏留跋與君看等句伯行賞之）古錦不收佳句入，（伯行製謎特多然隨手放棄）爲囊憔悴却羞囊。

（三）盧蔚其

萃新社每羅羣彥，（卅年前與諸友結此社前後入社者數十人）留種園能張我軍；（盧家兄弟三人都嗜謎，集皆署留種園）各自綴裘集狐白，一編那數虎千文（千文虎古謎集）

（四）王廸臣

詒園址近夢梅龕，每度相逢作謎談；却悵師門同立雪，半山經義術能探。（廸臣謎語用字輒遵經訓，似金坡師之典雅。

（五）李小谷

冰天打虎氣崚嶒，瞬覺將軍老灞陵，幸仗冰人媒虎女（小婿紀如松亦能製謎謎友柯伯行爲作伐）天南弟子更傳燈（謝雲聲、黃夢華在南洋頗有謎譽。）

觀格按：「春燈五老」 其中柯老講學非島，王老旅遊港埠，而蔚其一老，最近亦歸道山矣。高朋遠離！老成凋謝！愴然有感！爲綴一詩於後：——

五老謎家二老存，生離惻惻不須論；

盧君已作騎箕去！客次應邀入夢魂？

四

攷謎之名稱不一，古之廋辭，隱語；即今之燈謎、燈虎、文虎、春燈、商燈等別是焉。而商燈一名，蓋取有待商量之義，故爲謎宗者，應於懸謎日，親臨主持，虛懷商榷，衡量棄取，倘射者比我所製爲優，自應嘉許，不能以其未命中而忽之也。

嘗見有懸謎者，稿由各方徵集，謄入簿本，而令一不諳斯道者以司之，每一發射，必檢對稿底，如符合，則認爲射中給獎，否則雖佳，無動於中也，以致每於當場鬧出笑枘，至有不敢領教之譏矣。

茲舉兩例，以實「談虎」。

余旅居墊川時，值民國十年十月十日，即三十節日也。報載泗水商會舉行盛大慶祝，遂偕同摯友陳紹唐兄，赴泗觀光，抵埠時，承泗友吳文楚君，導往各處遊玩，入晚，復相與赴泗濱日報宴，（時余與陳君均兼任泗報駐墊特約記者。）是夕，泗商會舉行燈謎大會，先日即傳說備有千盾獎品，故頗引起一般人之猜興，余等於讌後，承泗報經理蘇瑞熊君邀同往觀，至，則謎場已無隙地矣。當由蘇君排衆入，特備坐位相待，余等坐席未暖，迭有射獲，頗爲衆所注目，時謎棚懸有一謎：「半個朋友不見」，射字一；余以「有」字射之，坐旁之人，咸加讚許，詎料司謎某，固一門外漢也。他於檢對簿本謎底後，搖首曰：「不是」。旋被一射以「月」字者揭去，遂惹起一座譁然，友人某離席詰之曰：是謎中者不「有」而「月」，不通甚矣！蓋「月」字只猜及一半，何如「有」字之絲絲入扣乎？某面赧語塞，然已無及矣，此一例也。

鷺門謎家盧蔚其先生，每逢慶旦令節，輒有懸謎徵射之舉，憶余少時，某次，曾隨衆往觀，適有一「卉」字，射地名一。余以「三忠王」試射之，當承盧君含笑揭下，報鼓給獎，既而自言：『謎底爲「青墓頂」也』。越宵繼續懸謎，猶津津語人曰：『昨夜所射「三忠王」一謎，視原底入妙——甚佳』。或反詰云：『佳則佳矣，其如忠字何』？盧君答曰：『正妙在中心之王也』。——是爲蜂腰格。其人嘆服！此又一例也。據上所述，不獨製謎難，即主持謎棚亦不易也。然非深得此三昧者，烏足以語此耶！

屬稿至此，猶記彼時射獲卉謎後，其所感愉快與興趣之情緒，及今思之，彌覺珍愛逾恆矣。因此嘗作一詩以美盧君曰：「卉謎原爲青墓頂，偏邀射取三忠王；多君鉅眼能明辨，肯讓楊修獨擅場」。用特附識于此，以爲謎談之助。

五

謎之取材，作者恆以古詩文詞爲對象，旁及什俎，間亦嘗以時事爲中心思想而含有政治意義之製者。但多覩同明日黃花，旋作旋棄，以故鮮見於篇焉。竊謂倘能將存稿加以彙輯，藉留陳跡，未始不可作歷史謎觀也。

余於孫中山先生護法一役，抗日戰爭及解放以來諸時期中，均曾畧有製及，爰錄之於後：

（甲）、余旅壠懸謎時，值張勳復辟失敗後復思蠢動，及中山先生提倡護法諸役中，曾製有一謎：辮帥保皇妄然力圖再舉，中山護法詎肯少懈初心，射誌目二，「張不量、孫必振」是謎爲某君所射中，他語人曰：「以張不量孫必振聯撮一起，襯託少軒與總理之不同懷抱，可謂情景迫眞，的是佳構」云云，殊覺過譽矣。

（乙）、余於抗戰期中在碼懸謎時，亦製有①「倭國覆滅」射左傳一「亡無日矣」。②「敵僞盤據下之政府」射四子一，「賊其民者也」。③敵人利在速戰當以何策對付，射漢書一，皓首格，「曠日持久。④殺倭護國，射字二，（碎錦格）「暫」「堡」。⑤「軸心國土崩瓦解」，射諺一，「東倒西歪」。⑥「海空未備以何作戰」，射三國人名一，「陸抗」。總此數謎，雖非佳製，然自信在全面抗戰之下，禦侮圖存，鼓勵愛國，要亦吾人應盡之天職也乎？

（丙）、解放以來，當局爲欲繁榮工商業，曾舉辦物資交流會。余製有：開展城鄉物資交流，射四子二，「以其所有，易其所無者」。嗣於推行新婚姻法時期。製有：月老重編鴛鴦譜，射社會運動一，「新婚姻法」。當日內瓦會議，調解越南戰事達成停戰協議後。則製有龍兵息爭，射戰國人一，「畢戰」。近頃因鑒於國際間倡議互相信任，與和平合作。亦製有：不同社會制度的國家是可以和平共處的，射四子一，曳白，「道並行而不相悖」。及製有：禁毒運動，射諺一，「斷烟鎖」。諸謎是已。

六

海虞徐枕亞氏，通翰墨，擅長小說，著述頗富，故在海內文壇，早負盛名。而於謎學，造詣亦深。嘗見滬報上載其論謎之言曰：

文虎雖小道，然非心靈手敏者，不足以語此，心靈矣，而少誦讀書之功，寡博聞強識之力，胸中所儲蓄，不足以供其驅遣，仍不足以語此。其有讀書雖多，食古不化者，其詩文或有可觀，一談此道，則瞠目結舌，不能道隻字，縱飲以三升墨水，亦無由鑿開一竅也。顧謎之取徑至狹，而所包至廣。滿天地，亘古今，事事物物，形形色色，無一不可為謎之資料，故其為文也，無所不備，而雅俗共賞，新舊咸宜，其性質近於美術文字，而未脫理想之範圍，無文章之用而擷其精華；無詩詞之功，而深其趣味。此蓋宇宙間靈機之偶洩者，人籟亦天籟也。此子夏所謂雖小道，必有可觀者焉，其是之謂乎？云云。可謂探得驪珠者矣。縱觀其他謎家，雖亦有所論及，但皆麟爪耳，故吾於徐氏之說，深冀學者玩索之也！

枕亞製謎，面文多用成語或詩句，均卓然可觀。間有製出長篇隱語，如祭婦文一篇，句句隱一木名 尤見匠心，其詞云：

「維玉杓指中之歲（建木）黃花照眼之時（金明）薄倖人文綺（維漢）謹以豆子三升，（相思）蔬絲一寸，（疏節）腹內倒流之淚，（合肚）胸前不死之灰。（勝火）致祭於亡妻淩波夫人之靈，（水仙）曰：嗚呼！弱質易消，名花不勁後凋之節。（壽松）嬌軀善怯，泉路誰為先導之人。（閭扶）合歡花僅剩一枝，凄凉隻鳳。（孤采）寧馨兒猶遺雙璧，痛哭慈烏。（丁香竹）賢者橫夭，天道固常相反（仁壽）國名極樂，佛心或賜重生。（淨土）回溯破瓜時候，（開日）却扇神情。（交讓）開奩波笑。爭輸桃李芳顏，（苦華）舉案眉齊，奚讓孟梁嘉耦。（古度）三日羹湯洗手，能得姑歡，（摩厨）百年羅帳同心，請從今始。（共枕）爲謀升斗之求，（琅玕）遂有居行之異。（玻璃）去後萍踪無據，蕭郎到處爲家。（昔舍）錙淚成斑，少婦思君覓日，（十二時竹）歸期但問牽牛，卜七夕渡河之會，（指星）爽節若逢來雁，是九疑巡沛之時。（由梧）豈料端陽，遽成永訣。（午日仙人）只悲壯士，向未還家，（衣錦將軍）始知夢裏玉蛙，早示難諧之兆。（味腹）叵奈愁逢尺素，猶訛無恙之文。（草露）感舊相溫，何堪此樹。（人柳）重來崔護，只見桃花。（無葉絳樹）驚衾夢冷，空餘淚漬斑紅。（華蓋）鸞鏡塵封，不照眉峯冉碧。（燕青）桐棺寂寂，玉顏永閟斗幽宮。（人面木）竹罰盈盈，金淚猶存天子澤。（多羅）忍令白髮高堂，（慈母）雙袖不乾老淚。（龍鍾）吸皮椎丁，（倚驕）一身都撰新佩。（綺縞）遺冢高懸，喚真真而不應。（丹青木）連枝遽折，嗟負負以徒呼。（如何樹）一味心酸烈於蜂刺（辛螫）九迴腸斷，慘此蝶旋。（貝多）拔劍斫地，地竟無靈，（門鏤）把酒問天，天胡不語，（帝休）此憾綿綿，直共乾坤終古。（無蓋假）餘情脈脈，肯隨煙霧俱消。（不灰）爰與仙靈，苦名先掛牛盞。（禮給姻）更呼付婢，擯禮爲煞一爐，（女旨）若敝死未忘情，應忘塵世俗行之我。（冥靈）

抑使歸來不誤，倘聞深宵環珮之聲。（返魂）此日南城怕過，絃膠未許續鸞。（陸撥）異時香塚同埋，絲魄應能化蝶」。（合歡）

七

詩趣叢譚，載有謎語若干條，其中以詩射詩，面底俱爲詩句者，極見名貴，此蓋萃古今謎學家之菁華，而非一人一地之所有也。故其爲謎也，錦心繡口，妙造自然，洵可傳矣，亟摘錄之，以俾嗜謎者之欣賞焉！

謎面	謎底
此曲祇應天上有	斯人不可聞
伯鸞自可慕	我愛孟夫子
阿嬌暗泣有誰知	金屋無人見淚痕
明光於上下	雙懸日月照乾坤
液池柳彩最分明	中有一人字太眞
今世有懷嘗共白	到來生隱心
漢軍三面皆楚歌	羽人稀少不在旁

天命作書生　　繕性何由熟

玉環應抱憾　　自恨身輕不如燕

柳傍池塘倒影明　　中有一人字太眞

第一靑樓適賈家　　老大嫁作商人婦

思親麥熟天　　黃雲隴底白雲飛

八

余於日本投降旋廈後之第二度元宵，因見某報載有謎語五條徵射，一時見獵心喜，本擬作大規模之張燈，以慶佳節，爭奈生計牽阻，致無暇晷，乃捨大就小，而於集中挑出十二條，刋諸報上，限三日內任人猜射；並備欵若干元爲酬。分甲乙丙三等：甲等射中全文者，乙等射中半數以上者，丙等射中半數者。獎品多少，視射中人數而分配之。結果因猜者只有獲到丙等獎而已，乃並射中五條者亦予贈獎，以佐雅興。復於解放後，曾一度撰應通俗教育社中秋夕舉行燈謎會之徵求，計二十四條，此皆係平易通俗，以適合該社之宗旨者。綜此兩次所製之謎，爰揭載若干條於次，藉資紀念焉。

天助　　射唐文二：「彼二人者，未始不相需也」

一三

先帝遺詔　射唐文一：「是故君者出令者也」

飛機升空　射宋文二：不速「油然而行，而風雷起之」

虞舜政治　射縣名一：「無爲」

甄后兄弟　射宋人一：「曹國舅」

顏淵椁　射漢人一：「孔車」

衡枚疾走不聞號令　射今人一：「程潛」

東坡杖　射秦人一：「扶蘇」

田字不透風　射賭語一：「密十」

日中爲市　射古美人一（解鈴）：「賈午」

賭風甚熾　射縣名一：「博興」

謝安故居　射縣名一：「東山」

琴罷輒飲酒酒罷輒吟詩　射商號一：「三友」

居然　射諺一：「燒舍」

不彎不曲不屈不撓　射字一：「置」

禁止夜談　射諺一：「不明不白」

射諺一：「男形女體」　　妟

射商號一「南國」　　紅豆產地

九

上乘之謎，以能面底典雅渾成，無懈可擊，其次，須意義貫通，字字允洽，切忌拖泥帶水，此爲製謎之要旨，亦即謎家所推爲斲手者也。若或學非所長，徒逞淹博，遽將詩書中佳句，浮扯強湊，雖得效顰，究屬下駟矣。吾人論謎，應從實質上着眼，不能徒震作者之名，致失其本眞耳！

偶閱×××謎話初集，見其所選輯之材料，至爲豐富，遠及閩縣北平，上至古人筆記，凡謎家達數十輩，謎語數百條，綺詞麗句，珠玉紛披，實非一人之才思所能逮其萬一，顧仍不免紕繆層出，吾人於管窺致疑之下，爰畧揭其數則於后，以資商榷焉。

（甲）「慟哭六軍俱縞素，衝冠一怒爲紅顏」。射四子一捲簾，解鈴，「涕出而女于吳」」。

按此兩句，見吳偉業圓圓曲。上句詠明莊烈帝殉國，士兵皆掛孝舉哀；下句言吳三桂以愛妾圓圓爲李自成所得故，爲之衝冠一怒，分成數橛，既非一貫之義；今以慟哭六軍俱縞紮，銜冠一怒爲紅顏，射吳于女而出涕。充其量只能扣住「爲紅顏慟哭」耳，其餘「六軍俱縞素銜冠一怒」等字，均屬閒字矣。此等謎，未免有粗製濫造之失？

（乙）「將仲子而踰墻便如鳥墜，冒劉郎而入洞竟賺門開，射詩經一，解鈴，「于女信宿」」。

就謎面文義言，只有下句方能切合，上句仍屬贅辭。何則？蓋「冒劉郎而入洞竟賺門開」云者，係指宿介冒鄂生而賺女（胭脂）啓扉，故曰「于女信宿」（事見聊齋胭脂）。若「將仲子而踰墻便如鳥墜」，則與底文毫不相涉矣。此其疵病處，正與上謎同！

（丙）「直抵黃龍府與諸君痛飲耳，射詩經，「我姑酌彼金罍」」。

以直抵黃龍府與諸君痛飲，射我姑酌彼金罍，所得而扣合者，祇「…黃龍府，…飲。」，隱「…酌彼金罍」，如是而已。其餘之「直抵…與諸君痛…耳」等斷句；欲扣「我姑」兩字，非惟違拗，抑扞格也？良以面文之痛字，既嫌失扣，而底文之姑字，復欠融洽，矧於具有掃穴犁庭，淩厲無前之「直抵」，亦未加切合，更屬缺陷者耶？故就全謎論，徒見各不相侔、唱和失其同調耳！

（丁）「太史公下蠶室，射××（依照原文）「畢竟是文章誤我，我誤妻室」」。

此謎「室」字犯文，而兩我字亦嫌失却安置，不揣譾陋，擬將「下蠶室」改爲「遭腐刑」，再加上「抱怨」兩字，而成爲「太史公抱怨遭腐刑」。以之以扣底文，似乎比較無疵而熨貼？（按該底文，乃出琵琶記，其第二句之我誤妻室，室字爲房字之誤，評語所云，係就謎論謎，且以將他一改，亦較勝原面，故姑存之，以質高明。又「文章誤我」句，隱司馬遷下蠶室，亦未切，不過太史公一名，尚可別作掌天文及國史之「太史令」解。故評文未予論及，合並補敍於此云）。

（戊）「鴻雁不來，射千字文，「圖寫禽獸」」。

（附該謎話關於是謎之記述於次：「余友某君嘗言：十五家同岑集，有鴻雁不來，射千字文，圖寫禽獸，蓋以鴻雁爲禽，不來（狐名）爲獸，而圖指詩品，（司空圖著）此謎在餘一部同岑集中，遍尋無有，抑亦印板之不同歟？姑誌之，以質海內諸謎家」云云。）

按是謎，既未標明格例，而憑空虛構之圖字，倘非述者加以說明，誰能獲知其「妙」？然則聊齋之蒲松齡，左傳之左丘明，舉凡謎面引用此兩書之句者，內文皆可得而采取含有「齡」，「明」之字面，如圖寫禽獸之圖，以隱射之矣？寧非滑天下之大稽耶！王荆公讀孔子世家曰：「而遷也自亂其例，所謂多所牴牾者也」。吾人於此，不能無同感焉！而況以「不來」爲獸，乃製謎者之自作別解，豈能誣指爲司空圖之所寫？尤見其用心之拙劣矣！惟該編者，既於同岑集中，查無此謎，斯其所以不愧爲十五家之同岑集者歟？

(己)「花落殘紅遍地鮮，射詞曲，「鋪地錦」」。

此謎面底各有一地字，是爲犯文，既未註明謎格，自以不通論。夫犯文之謎，最爲謎語之所忌，雖謎格有「曳白」(一作露白)之例，然採用之者實尠。良以謎也者，隱語也，即將其本事隱去，而以他辭出之。今以「地」射「地」，微論失其本眞，亦味同嚼蠟矣。乃原集竟響列在難製之佳謎中，是可異已！豈不謬哉？余擬以朱熹題榴花詩之「顚倒蒼苔落絳英」句易之，兩謎相較，則醜美有間矣！按顚倒蒼苔落絳英之義，即言：「一任他顚顚倒倒在這滿地的蒼苔上，飄下許多如錦繡般的紅色花瓣」是也。故以顚倒落切鋪，蒼苔切地，絳英切錦。以此牉合，自是神仙眷屬一流，非强拉强曳之可比，所謂「文章本天成」，豈不信然？

(庚)「正月小二月小三月小，射人字」。

是謎以正、二、三月爲春，春字減去三日爲人，乃無中生有，想入非非之製。且未標明謎格，猜者既乏先見之明，烏能曲喻其旨？余擬將面文仿「春雨連綿妻獨宿，射一字」之體例，易爲「春季皆小建」。如此，庶幾其可乎？(關於此謎，竊擬創一新格，另詳下文，可參閱之)。

(辛)「却嫌脂粉汚顏色，射西廂，「臉兒上撲堆着可憎」」。

此謎固佳，但嫌美中不足耳！按西廂原句爲：「早是那臉上撲堆着可憎」今竟將上三字截去，亦未註明格式，雖謎格有「免冠」，「脫靴」，或「半句」之例。然未聞有可以任意割去者，既屬違式，雖佳奚取？

（壬）「此靴妾下體所着，弄之足寄思慕，射詩經，「抬我以弓」」（按抬字應爲招字之誤，此從原文也）。

觀此謎之造作，既非會意體，而其所扣合者，除以靴切弓外，其餘之足寄思慕一義，竟視同贅辭，拋諸題外，此非特門笋鬆懈，抑亦有乖法理也。余擬就其原底，另爲易製一謎，即以：乃脫足上小靴求公子代去泥塗，（句出聊齋嘉平公子）。射詩經一，唐文一，接笋格，「招我以弓，刮垢磨光」是也。如此構成，則脈絡貫通，無疵可摘，謂爲珠聯璧合，誰曰不宜？以視原謎之藏頭露尾者，相去奚止上下床之別哉？

（癸）『爲小郎解圍，射西廂，「謝小姐賢達」』。

按該集編者有曰：「余所抱製謎之主旨……句中如稍涉違拗者，寧棄而不用」。今此謎，以身居兄嫂之謝道韞，爲小郎解圍，竟稱之爲小姐，殊屬不倫。夫小姐乃女子之未嫁者，昧然遽相牽扯，寧非違拗之尤者歟？（使能以「謝妯妯賢達」之成語以拍合之，孰敢置喙耶？）而兄表裏各有一小字，雖非主辭，究乏完善，仍屬違拗而已矣！抑何不思之甚耶？鄙見此類之謎，豈但應棄而不用，尤當擯而勿采也。想能謎之士，當不河漢斯言？

以上所舉，僅畧揭其一二耳，此外，尚多牽强雜湊者，不勝縷述。至長篇隱語，雖亦具有瑕疵，然匠心獨造，既費經營，自宜另眼相看，故未予論及。余斯作不是好議前人，區區微意，一以見佳製之難得，一以俾初學作軌範，獻曝愚忱，尚祈謎壇同志，進而教之是幸！

十

余性嗜謎，乃者嘗於花朝月夕，與二三朋儔，啜苦茗，談文虎，藉遣閒情，所得頗多佳製，惜當時未加筆錄，及今思之，已强半遺忘矣！茲將記憶中擇其尤者，分誌於左，以公同好。

增損離合等體（拆字屬之），其構思頗具心靈手敏之妙。如以：臾字，射四子六，「使先覺，視而不見，而學焉，子焉往，子在，吾必謂之學矣。」完字，射四子六，「日，冠。其間不能以寸。或日，冠至。內無怨女。吾與點也。苟完矣。」「佯」，射四子二，「何可廢也，以羊易之」。「四」，射四子二，「欲罷不能，非其罪也」。「鍾」，射四子二，「去其金，不亦重乎」。西女、射春秋人一，「要離」。個個官中人，射春秋人一，「管仲」。此誠所謂「構奇出巧，心思獨詣」者矣！

以詩句爲謎面，而能天然渾成者。如：看竹何須問主人，射四子二，「得見君子者，斯可矣」。一滴何曾到九泉，射古官名一，「祭酒」。粧罷低聲問夫婿；畫眉深淺入時無，射古人一，「商容」，落日放船好，射明人一。「申時行」。落花人獨立微雨燕雙飛，射「倆」字。鸚鵡洲邊客淚多，射唐文一，「流落楚漢」。如此風波不可行，射歌謠一，「公無渡河」。高枕石頭眠」，射說部一，「紅樓夢」。典贍熨貼，玉潤珠圓，佳構也！

至以聊齋句爲謎面者，亦復典麗可愛。如：我不慣與生人睡，射四子一，「必熟而薦之」。老身只有此兒不欲令事貴客，射藥名一，「知母」。蹙然曰夜臺朽骨不比生人如有幽會促人壽數妾不敢禍君子也，射千字文一，「戚謝歡招」，隨手光澤艷麗一如當年，射四子一，「有顏回者」。李笑曰君視妾何如蓮香美，射古國名一，「鬼方」。指毛曰此眞殺人賊也，射四子一，「是則罪之大者」。有婿如此不如爲娼，射戲名一，「悔嫁」。此雖寥寥數謎，然皆精警可誦，餘則莫可回溯矣。

隱四書。則有：「皆」，射四句，「白羽之白也，猶白雪之白。白雪之白，猶白玉之白歟」。「罪」，射四句，「非禮勿視，非禮勿聽，非禮勿言，非禮勿動」。「鏡」射二句，「象憂亦憂，象喜亦喜」。「鬢」，射二句，「唯女子與小人，爲難養也」。「宗」，射，「言其上下察也」。「卡」，射，「無分於上下乎」。蕭相國沾沾論財，射，「何必曰利」。打胎，射二句，「既欲其生，又欲其死」。使孝直若在必能制主上東行，射二句，「法語之言，能無從乎」。天衣無縫，射，「不知所以裁之」。吞象，射，「是天下之口相似也」。怕妻蓋下跪，射，「懦夫有立志」。國語，射，「在邦必聞」。張良躡足附耳，亦射，「在邦必聞」。報道超雲死了，反唱，射「故龍子曰」。捨生亦如此，射，「至死不變」。無冬無夏，射「其惟春秋乎」。寬大，射，「無求備於一人」。節孝，射二句，「不失其身，而能事其親者」。假不作第一人，射，「氣次焉」。新與關，射，「必變色而作」。傷寒病，射，「必表而出之」。息上加息，射，「以利爲本」。屐屩婦，射，「奚其適歸」。是皆面底脗合，膾炙人口者也。

其他：如隱書經。則有：呂溫侯悔殺假父，射，「奉先忠孝」。隱禮記。則有：杯盤狼藉，射，「則亂於席上矣」。隱易經。則有：一甲五名，射五句，「爲鱉，爲蟹，爲蠃，爲蚌，爲龜」。隱左傳。則有：拜倒蓮鈎下，射，「稽首受弓」。隱六才。則有：豆在釜中泣，射，「多年是相思淚」。隱唐詩。則有炎，射，「離離原上草」。隱詩經。則有：魯子敬連夜出兵，射，「肅肅宵征」。冠冕尚華讓兩湖，射，「衣裳楚楚」。隱宋文。則有：麥城昇天，射，「羽化而登仙」。隱家經。則有：妻妾之爭，射，「大小戴」。何仙姑守洞，射，「七雄出」。秦，射，「始春秋」。隱千字文，則有：扶桑都城，射，「東西二京」。隱誌目。則有：以莫須有三字害岳飛，射目三，「秦檜，織成，寃獄」。六轡在手，射，「車夫」。雖在縲絏之中非其罪也，射，「寃獄」。故人具鷄黍，射，「鬼作筵」。隱藥名。則有：趙子龍單騎救主，射藥三，「常山，獨活，使君子」。郊迎三十里，射藥二，「預知子，當歸」。聲聞於天，射，「蒼耳」。孟子去齊宿於晝，射，「王不留行」。螟蛉有子蜾蠃負之，射，「桑寄生」。隱古人名。則有：夫出晝而王不予追也，射唐人一，「孟浩然」。日繼之以火，射泊人一，「呼延灼」。九十九歲，射三國人一，「白壽」。衣錦還鄉，射明人一，「歸有光」。返老還童，射四子人一，「顏回」。四維不張，射唐末人一，「羅隱」。耶穌，射春秋人二，「重耳，申生」。隱字謎。則有：上下其音，射，「昱」。七夕一相逢，射，「死」。一旦豁然貫通，射，「車」。竹疎宜入畫樹少不成村，射，「彭」。掘地會良人，射，「窺」。隱鳥名。則有：事父母幾諫，射，「子規」。隱廈諺。則有：管仲陰魂，射，「小器鬼」。歸歟歸歟，射，「連回」。（按連回，即流連忘返意）。隱詞牌。則有：火燒赤壁，射，「滿江紅」。隱物名。則有：偷香竊玉，粉底，射，「色褲」。隱謎目。則有：貝，射，「十一頁」。凡此，俱屬鈎心門角天衣無縫之佳製，殊值得擊賞也！

十一

余於上述各類，亦嘗偶有製及，惟虎犬鳳鷄之比，難免貽誚於人耳！茲摘錄如下：

一三

如增損與離合體，曾以：「人」，射成語一，「天下太平」。「刃」，射四子一，「言之得無訒乎」。「白」，射四子一，「舉一而廢百也」。「怭」，射四子二，飛唱，「心不在焉，士之仕也」。「斤」，射四子二，飛唱，「予一以貫之，是丘也」。肉食，射稱呼名詞二，「內人，良人」。

又如以詩句爲謎面者，曾以：君王掩面救不得，射左傳一，「其貴亡矣」。賢愚千載知誰是，滿眼蓬蒿共一坵。射唐文二，「無貴無賤，同爲枯骨」。明日歲華新，射書經一，「正月朔旦」。春遊芳草地，夏賞綠荷池；秋飲黃花酒，冬吟白雪詩。射宋文二，「四時之景不同，而樂亦無窮也」。蘇武在匈奴，射縣名一；劇目一，下脫靴，「奉節，牧羊圖」。重重疊疊上瑤臺，射西廂一，「花陰滿庭」。粉牆斜露杏花梢，射國片一，「關不住春色」。春色滿園關不住，射外片一，「出墻紅杏」。久旱逢甘雨，射四子一，「則苗浡然興之矣」。他鄉遇故知，射詞牌一，「相見歡」。洞房花燭夜，射六才一，「成就了今宵歡愛」。金榜挂名時，射保名一，「登第」。（按此謎以古四喜詩一首分射，乃作於旅碼時，登第，石碼之保名也。）

若乃以聊齋句爲謎面者。曾以：恍然若寤起視賓客盡散惟一少年捉臂送之，射曲牌二，「玉山頹，醉扶歸」。媪見牀頭金盡旦夕加白眼，射四子二，「無財，不可以爲悅」。長夜淚雙雙，射詞牌一，「哭相思」。口銜鳳鉤微觸以齒，射唐詩一，「自足蕩心耳」。計兩全則無如從君者，射國片一，「掛名夫妻」。郭迷亂失次不覺曲膝，射地名一，「朝天宮」。翩翩公子何乃苛其中之所有哉，射三國人二，「顏良，文醜」。

至於隱四書。曾以：再生兒，射，「是二天子矣」。後晉之契丹，射，「為天子父」。公亡身尚未寒汝輩何敢乃爾，（見魏延傳）射，「師死而遂倍之」。（倍與背同）。姪兒，（捲簾），射，「子之兄弟」。跳歌，射，「兆足以行矣」。有諸內必形諸外，射，「中心達於面目」。行詐發財，捲簾，射，「誠不以富」。而昭容遂以妾作妻矣，（見聊齋大男）射，「奚其為為政」。盈虧一覽表，射二句，「所損益，可知也」。無隙可乘，射，「未有孔子也」。彳亍，射，「所以行之者一也」。引路，射，「道之斯行」。「紫」，射，「丹朱之不肖」。「甲」，射，「使子路反見之」。禁闥，射，「不得其門而入」。再斯可矣，射，「不待三」。五，射，「四之下也」。飛簷越壁而去，（見聊齋雲蘿公主）折柳，射，「誰能出不由戶」。腹稿，射，「作於其心」。罪從大辟皆除死，射，「君賜生」。子哭之慟，射，「其親死」。小沙彌聚餐，射，「徒餔啜也」。

其他：如隱書經。曾以：顧命，射，「終有辭於永世」。隱易經。曾以：以羨補不足，射，「損益盈虛」。隱詩經。曾以：踮着脚尖兒仔細定睛，射，「跂予望之」。隱六才。曾以：何日君再來，射二句，「未登程，先問歸期」。隱唐詩。曾以：木蘭不願尚書郎，射，「紅顏棄軒冕」。日暮愆程無所投止，射，「今夜不知何處宿」。隱唐文。曾以：舍人弟告變，射，「則信乎命之窮也」。隱笞文。曾以：女國，射，「乃不知有漢」。隱禮記。曾以：老百姓，射，「終身不仕」。隱左傳。曾以：李逵責問李鬼，射，「子假我名焉」。隱誌目。曾以：勾欄中原無情好所網繆者錢耳，射目二，「神女、阿寶」。白玉堂前春解舞東風捲得均勻，射，「細柳」。道友，射，「耳中人」。以手入其股際則揣垂盈掬亦偉器也大駭，射，「喬女」。有婦人焉九人而已，（落樓），射，「仇大娘」。（註①）做晝曉霞粧，射，「臙脂」。隱蒙經。曾以：沒字碑，射「彼無書」。隱古人名。曾以：趙王大說封爲武安君受相印，射石人一，「秦斷」。財產目錄，射秦人一，「項籍」。匿於胭脂井遂被俘獻長安，射春秋人一，「陳完」。營業稅，射漢人（解鈴）一，「賈捐之」。隱字謎。曾以：春風吹又生，射，「莨」。金風送暖玉露橫秋，射，「朕」。初五立春後之節氣，射，「滿」。朝天子，捲簾，射，「命」。隱劇目。曾以：以手捫之私處墳起，射京劇一，「探陰山」。隱複姓。曾以：餘人更在孫山外，射，「不第」。隱商號。曾以：夕陽返照，射「申光」。隱廈諺。曾以：此鰥之難也，射，「無某眞艱苦」。（註②）隱鳥名。曾以：未足與議也，射，「商羊」。隱韻目。曾以：九秋天氣御裘衣，射目四，去數，「未，冬，先，寒」。

隱詞牌，曾以：紙短情長，射牌二，「一封書訴不盡」。隱縣名。曾以：毛遂跟誰至楚定從？射縣二，「趙，平原」。此萬里侯相也，射，「定遠」。隱藥名。曾以：以爲虎而射之，射，「石決明」。隱用器。曾以：題目雖差，文字却佳，怎肯放在他人下，射，「不落」。（酒器也）。隱商標。曾以：快我朶頤，射牙膏名一，「口得意」。隱動物名詞。曾以：陰陽女，射，「雌雄同體」之類是也。（餘載拙廬燈虎集）。

附註：①按「娘」有少女之稱，則大娘自得擬同已嫁之婦人矣，故以婦人隱大娘，而九人隱仇字，則兼離合體，且因射覆上倒裝，乃以落樓格系之。②某，俗謂妻也。

十二

物謎之製，寄情深邃，寓意幽默，與謎語作風，迴然不同，不以犯文爲忌，而以靈巧是祟，雖曰人籟，亦天籟也。使非觸機會心，妙手偶得，縱窮畢生之力，亦無所成，何則？物謎境地偪仄，只限於物耳。非如謎語可以左右逢源，俯拾即是，以故自古迄今，傳述不多，間或偶有一二創作，嫌不覩向空谷足音矣！惟物謎向之專者，而謎話書類中，亦鮮有道及之者，實屬遺憾！猶憶少時，閱東周列國，載有：龐涓，孫臏先後辭別其師鬼谷子下山時，其師曾令各往山中擷取一花，以卜休咎。結果：龐涓所採者係馬兜鈴花。孫臏則爲菊花。鬼谷子，即據其所採之花，以作爲彼等終身榮枯之占斷云云。及三國演義載：劉先主於征吳時，因羣臣諫阻，乃召隱者李意至。求問欲親統大軍爲二弟報讐，未知吉兇如何？隱者索紙筆畫兵馬器械四十餘張，畫畢扯碎，又畫一大人仰臥於地，傍一人將掘土埋之，上寫一大白字。先主不悅，即以火焚之。觀此兩則，雖屬小說家之臆造，要亦物謎之濫觴也，此外散見各書者，料應不少，擴而充之，俾臻完善，是則有望於今後謎界宏博，捋其如椽之筆耳！玆爲恐流傳於民間者，日久湮沒無聞，用特摭述數則於后，以備一門，亦藝林之佳話已。

據傳：某謎家於上元日，懸猪肉一塊，貼上「十」字，旁註射四子二，中者即以該肉奉贈。某寒士，過而見之，凝思忽有所悟，當將十字拂掉，取其肉，向主人致謝而去。衆莫解所謂，主人曰：是爲「七十者，可以食肉矣」。七拭音相近，即言有能拭去十字者，可以取食其肉也。或識某生者曰：窮書生得此一塊肉，可以欣度元宵矣！於是鬨傳遐邇，資爲笑談云。

報載：長安市上有行燈爲戲者，懸一兒童所戴假面具，右懸錢百文，下註射俗語一句，中者即以百錢爲贈。俄一狀類官場中人，注視良久，取其錢而去，主人作含笑默許狀，人問其故，則曰：此即所謂「要錢不要臉」也，此公眞能現身說法。

老友某君言：嘗有謎家懸一鳥籠，中置一鳥，並小洋數角，射罪名一，猜中者即以小洋爲酬，時猜衆苦思未獲，當有一大漢自言曰：「對不住了」，趨前打開鳥籠，把鳥摔死地上，逕取其小洋以去。群愕然不解，或曰：此當是射「謀財害命」耶？詢之主人？主人莞爾稱是。

憶余肄業私塾時，得窗友述一物謎曰：有以熟鷄蛋二枚，射官名三，藥名一，嗣經人以提督，總督，按察司，薏仁等射中之。是謎猜者，先取一蛋，搕破其殼，隱提督也，（俗以搕破之爲督）次拏起兩蛋，復加搕破之，隱總督也，再次檢視蛋體，隱按察司也，（司與尸音同，借字也）最終將蛋黃挖出，隱薏仁也，（薏，諧作挖）云云。觀上所舉，雖爲謎不過數則，然而對社會上事物之形容，或寓諷刺，或寫罪惡，或誌風趣，或表物情，固不維妙維肖，謂爲鬼斧神工，不是過矣！

余亦製有一物謎，即懸一兒童所玩之泥塑小犬，及一大瓜，小犬居左，大瓜居右，兩者以繩結聯爲一，射春秋人一：「解狐」。是謎之旨趣，在乎有能將犬瓜所繫之繩，予以解開，即爲命中矣，蓋釋去其縛爲解，犬瓜於字爲狐，故也。

十三

畫謎，在文虎中，既具悅性怡情之美感，而於取材命意諸方面，復多新穎別致，頗能增爲猜衆興趣，足爲謎壇放一異彩，惜乎殊不多見耳！據當時關謎話所紀：「謎語書目考」觀之，無慮六七十種，只有王荷隱語爲畫謎首出之書，及林桂舟君所撰之隱語兩卷，其上卷謎畫謎語兼半，祇此而已。且王荷隱語係刊行於北平，吾廈甚少經見。而林君之畫謎，雖由廈萃經堂出版，亦祇曇花一現，以故殊鮮流傳於世也。爰將見聞所得，並及拙作，臚列於次。

（甲） 得諸友人所傳述者。如：（一）繪一墓牌，牌之上端，書一皇字，射古人名二，「白起，王安石」。（二）繪一巨貓，口捕一鼠，射四子二，「一則以喜，一則以懼」。（三）繪一人乘坐輿中，兩輿夫抬之，後隨一負包袱者，射四子三，「或安而行之，或利而行之，或勉强而行之」。

（乙） 林桂舟隱語所載之畫謎。憶余少時曾偶一見之，惟距今相隔數十年，已遺忘殆盡矣，兹所得而追述者，僅有如下數則耳：（一）繪一力士以一手托一地球，射四子一，「天下可運於掌」。（二）繪一披清朝衣冠之官吏，坐於車中，射詩經一，「淸人在軸」。（三）繪一小種礮，射地名一，「內水仙」。（四）繪一樵夫肩荷一斧，右角端書樵夫入山四字，射諺一，「迎新棄舊」。（觀格按：迎新棄舊應讀爲迎薪器具，蓋借音也）。

（丙） 余於畫謎，竊不自揣，曾謬擬四十左圖。（另載燈虎集），兹爲充實謎談故，順錄一二於下：（一）繪林黛玉賈寶玉薛寶釵三人坐在亭子內，作談話狀，右角書促膝談心四字，射蒙經一，晉文一，「木石金，亦足以暢敘幽情」。（二）繪兩山夾一河流，書漢河楚界四字，射誌目一，縣名一，「陸判，分水」。（三）左邊書厠所由此進等字，右邊繪一手以食指指之，射四子半句，粉底，「導之出疆」（疆讀作恭）。（四）繪一祠宇，橫額寫王荊國公祠，射地名一，粉底，「半山塘」（塘讀作堂）。（五）繪一古裝武將，手執弓矢，向日發射，射縣名一，「弋陽」。

十四

許宗岳前輩，李小谷先生令先師也。學問博洽，兼精隱語，遺稿有古硯齋謎剩一卷，可數百條，惟大半尚未註入底文，嗣經李先生與諸謎友共相揣度，而認爲確切者加以填入，合原有計近二百條，反復推敲，咸嘖嘖歎爲法周藻密之作。其中以子母錢數射笨字一謎。爲李先生高弟黃夢華君所猜出，李先生極加讚賞，嘗見其題詩一首，中有「始知笨伯是通才」之句。余迨最近始獲讀該稿，瀏覽之下，曾試猜數條，以步後塵：——一曰：中，射四子，「無分於上下乎」。一曰：此子不良，射誌目，「狼」。此疑係用聊齋雲蘿公主爲狼子治一深圈本事。一曰：再生英，射字，「出」。再生英，見爾雅，山形兩重者名英。一曰：國勢鼎峙，射諺一，「三脚株」。俗以對立爲株，而以三脚隱鼎峙也。一曰：惡酒曰平原督郵，射諺一，「膈飲」。俗目嗜酒者爲膈飲，膈，只顧貌。按惡酒曰平原督郵，見世說。平原有革縣，革與膈同音，言惡酒但至膈下，故云膈之飲也。——以上諸謎乃就管見所及言之，第不知是否中的耳。茲將古硯齋謎剩選錄七十條於左，以供謎家之快覽焉：——

謎面	射別	謎底
首捷	鳥一	戴勝
炙	六才一	斜月殘燈
菊婢	志目二	黃英，鴉頭
請公入甕	四子註二	則以其人之道，還治其人之身
四時行焉百物生焉 自是潮之士皆篤于	六才一	盡在不言中
文行延及齊民至于今號稱易治。	縣二	昌黎、德化。
南渡何年	書經一	其在高宗時

孤雁含蘆入畫圖	字一	因
偃之言是也	蒙經一解鈴	尚游說
二人	毛詩一捲簾	天作之合
自以爲身殘處磯動而見尤欲益反損是以獨抑鬱而誰與語	唐詩目二	龍門　宮怨
秋分	唐詩一	白露先時降
佳人無處覓消息問東陵	字一	卦
輪迴酒	四子一	下飲黃泉
泰	唐詩一	一半是春水
欲窮千里目更上一層樓	古人二	致遠、向高
入告我后	器具一	報君知
晏子	古文一	晚有兒息
大樹將軍	蒙經一	衆稱異
圖	四子一落帽捲簾	居中國去人倫
橙樹、北梜、發財、梵語	曾格一	橫渠賦詩

三四

吳亡地　毛詩一　對越在天

諸葛君可謂名士矣　泊人二　馬宣贊、孔明

長喙將軍詣京陛見　諺一　大猪來進朝

欲得賢如梁伯鸞者　六才　有心待舉案齊眉

耿耿黃昏後
傷心淚不乾
紅粧頓瘦損
留骨與君看　物一　燭

阮瞻謁太尉衍　四子一　千里而見王

日對月　六才一　分明互證

子無謂秦無人　唐詩一　我謀適不用

無端借得幾千緡
百日相逢子母均
月息權來輕與重
敢將妙算質高人　左傳一　加三利

輸納黃白得授通議大夫　書經一　厥貢惟金三品

大家筆墨　左傳一　昭其文也

二喬　鳥一　半天嬌

匈奴號爲飛將軍　毛詩一　漢之廣矣

靑衫唐謫宦
白面魏朝郎　四子二　樂天者　何晏也

僕閱人多矣未有如
季者有女願奉箕帚　毛詩二飛唱　我相此邦，之子于歸

柳愚溪不合于俗　詩品一捲簾　落落元宗

是天子蠻殺御叔弒靈
侯徵夏南出孔儀喪陳國　四子一　不祥之實

催耕　鳥語一　布穀布穀

治命　四子一　不疾言

魏顆嫁父彌留遺囑　易經一　其命亂也

靖節先生息交絕遊　四子一　陶以寡

勝相士多者千人寡者百數今乃于先生而失之　諺一　一毛不拔

更饒嫵媚　四子一　徵于色

孫權勸使就學　書經一　訓于蒙士

海外賓服　毛詩一捲簾　亂生不夷

生兒喜似香山慧　毛詩一　樂子之無知

相歡在尊酒　詞牌一　傾杯樂

建安文章　四子一　作者七人矣

佩韋自寬　藥一　急性子

祛　毛詩一　九月授衣

蒙正對曰臣諸子皆不足用　四子一　可也簡

幾生修到　古人一　梅福

內無怨女外無曠夫　左傳一　人各有偶

子母錢數　字一　笨

而能用秦柄者　毛詩一　其儀一兮

衆辱之曰能死刺我不能死出我胯下　毛詩一　大無信也

以三寸舌爲帝王師　四子一　其良能也

太史奏客星犯御座甚急帝笑曰朕故人嚴子陵共臥耳　易經一　其危乃光也

爲問亡秦誰首難應留名籍到今傳　子四一　楚人勝

多言而躁　四子一　靜而後能安

細語如鶯眉目送情　毛詩一　不大聲以色

禪榻　四子一　可坐而定也

漢成帝寵移合德　易經一　有他不燕

祿米官厨富文章腹笥虛　左傳一　肉食者無墨

晬盤之敬　三字經一　作周禮

野燒　穀陽　曹格一　焚香祝天
拜哥　渠儂
門妍　孝經一　在醜不爭
清徵一曲鎮消閑
漫記眉心鎖遠山　名姬四　桀操　莫愁
星眼幾回空悵望　盼盼　夜來
月明定有好風還
將本折算畢贏餘尚加一　蒙經一　八十二

十五

唐司空圖，自論其詩得味外味，蓋極言意味之無窮也。余覺得謎之爲物，正具有同一之味道焉，尤以題文之字，不從本義，而謬作別解者，更覺餘味津津也。如橐園春燈話所載之「是耶非耶」射四子，有人猜爲其然豈其然乎，及揭曉乃「父不父」。以耶與爺通，故扣父也。余集中亦嘗以「二十二尋半」射字一，有人猜爲士字土字，迨射中者，乃一杖字。此以尋作度名解，每尋爲八尺，故隱杖字也。思深趣永，非得之味外味邪？此類之謎正多，不勝枚舉。

三八

然又有謎中謎者，猶之戲中戲也，名雖創闢，事實有之，謂余不信，試舉例以明之：如本集（庚）所評列之正月小二月小三月小射人字。既須先將正二三月射春字，又須將春字射人字（參照上文）。及橐園春燈話之「壯士一去兮不復還」射版字，此則于士旁去掉之後，再將爿旁，以反片之義，隱版字。觀此兩則之穿鑿臆造，雖善射如養由基，亦無能一發破的也，故曰語謎中有謎也。假使作者同時能附有格例，微論可免「通人猜不着」（此爲吾厦謎壜中，妙雙關之俗諺）之譏，且免雙方瀕於窒息焉。余意欲溝通其氣，宜立新格，據靈脊閣謎話所收古今謎格，三百有餘，（其中異名同格者居多）但均未加注釋，難資取用，姑擇其近似者二格，一曰：重門，一曰：一箭雙鵰。其云重門者，當是取重門深鎖之義？夫門既重重，則必有兩門可知，故凡題文須先射爲某字（或某意義），再由某字（或某意義）複射內文，如上列第一例者，宜以重門深鎖格系之。其曰一箭雙鵰者，顧名思義，即非獲一所能了事，故凡謎底有須貫穿兩札，而後命中如上列之第二例者，宜以一箭雙鵰格系之。（關此兩格亦可簡稱「重門」「雙鵰」。）鄙見如是，是否有當？還祈方家加以論定！果屬可用，既可闢一新途徑，又可省却多少疑難，豈不懿歟？

顧上述兩例，猶未奇也。更有異想天開，令人莫明其妙者，如余在錦江時，承謎友提出一謎，以相質疑？面文爲「無邊落木蕭蕭下」射「曰」字者。此係從蕭蕭想到齊梁，再由下字想到陳字，然後除邊去木而成曰字云。余曰：是可稱爲三部曲（曲，借作屈曲解）之妙謎也，夫既有此三曲之妙，而無格例作指針，除作者自猜，再也無人能想得到，譬之兒童戲作捉迷藏，其有狡黠者，不遵指定地域，故匿他處，誰能捉住他耶？友聞而笑，或曰：莫是以曰爲面射無邊落木蕭蕭下者耶？然細思之，亦無是理。余忽有所悟，亟謂友曰：曷不以陳字爲面，射杜詩一字一，子意云何？友畧一沉吟，拊掌稱善，且曰：能如是，則面面俱到，既不深晦太甚，又極靈活流利矣。雖然，余猶不敢自信，姑誌之，以抒己見耳！（按是謎因其構造漫無體裁，不免受人指摘，然亦有其奧妙處，值得驚異，是以人人樂道，傳誦一時，而三部曲之妙謎，遂不脛而大走于天下矣。如近人著作中，多有採入以資爲談助者，卽吾之編謎話，亦視爲絕好之材料，爲之大書特書焉。惜乎作者爲誰，莫知其姓氏耳！又按杜詩原句爲：無邊木葉蕭蕭下，今易「木葉」作「落木」，雖比較恰切。然木葉理亦可通，爰附帶述及，藉明原委。）

十六

歲癸巳，得李小谷先生，出示其高弟子黃夢華君，在香港某報海天一角謎壇所主編徵射揭曉之燈謎凡數期，細玩各謎，製者既具中郎妙筆，即猜者亦打虎能手，殊堪値得稱讚也！

且由黃君逐期附有「釋謎」於後，以闡發其精義，尤見諧時入俗焉。爰爲轉載如次：——

（一）玄之又玄，射唐文二句，時維九月，序屬三秋。（二）尋到白堤呼出見，月明殘雪映梅花，射韻目二（去數）詩經目一，西廂目一，遇董小宛驚艷。（三）晉陶淵明獨愛菊，射五唐詩一句：隱者自怡悅。（四）疑是地上霜。射詩品一句（捲簾）：明月前身。（五）不與鳳凰相棲老。射千字文一句：梧桐早凋。（六）電視，射千字文二句（不連）鑑貌辨色，遐邇壹體。（七）主人下馬客在船，射三字體一句：分東西。（八）儲蓄，射四子一句君子存之。

「釋謎」：第一條，題面語出老子句，惟此玄字別作九月解，郭引越語云：「至於玄月」，韋昭注引爾雅謂魯哀公十六年九月也，是玄爲九月矣，「玄之又玄」，扣「時維九月，序屬三秋」，以三秋亦九月故也，此則以渾樸見勝。第二條，題面見吳梅村題冒辟彊名姬董白像句，按冒襄字辟彊，江南如皋人，貢生，家有水繪園，賓客讌遊，極一時之盛，善文詞。董白秦淮名姬，字小宛，才色擅一時，後歸冒襄云。題語首句，尋到白堤呼出見，白堤即白公堤，小宛居於是，末句月明殘雪映梅花，作者特借以形容小宛雪膚花貌，丰姿艷絕也，謎底扣以遇董小宛驚艷，驚艷二字，尤見得神，此則以不同韻目，能使之牟尼一串，具見組織工夫。（按此謎係廈門柯伯行君所製）等三條，作者係本之周敦頤愛蓮說中謂「菊，花之隱逸者也」一語。題文陶淵明獨愛菊，則以隱士而愛隱逸之花，故底扣「隱者自怡悅」，自字襯托題面獨字，非常顯著，運典貼切，自是上乘之作。第四條，「疑是地上霜」，因何致疑，總要明白，蓋其上文係「床前明月光」句，則底扣「明月前身」(捲簾)——讀爲身前月明，自然關映妥貼，意味益然。第五條，係由結撰而成，根據杜工部「碧梧棲老鳳凰枝」句爲典實。題語「不與鳳凰相棲老」，扣「梧桐早彫」字字刻畫早凋二字，入木三分。鳳凰非梧桐不棲，爲人所共喻，此從對面寫照，烘雲托月法也。第六條，電影傳眞，視遠如近，科學發明，日新月異，誠令人有不可思議者。作者以「電視」扣「鑑貌辨色，遐邇壹體」可謂解說「電視」之光能矣。第七條，題語見琵琶行句，底扣分東西，以主人扣東，客扣西，下馬係指陸上，在船係指水上，「主人下馬客在船」，即爲二者之分開，以切分字，其義甚明。第八條，儲蓄，儲字別解爲儲君，「儲君」稱太子，故以儲扣「君子」，言君王之子也。「存之」映切「蓄」字，蓋蓄字義爲聚爲藏也。按此謎扣以「君子居之」亦通，蓋「居」積也蓄也。又按「蓄」與畜通，則射以「君子之於禽獸也」，亦無不可。

(一)撥悛一點。射五唐詩一句：節候看應晚，(二)老而不死，射唐文一句：言猶在耳。(三)而江山不可復識矣！射七唐詩一句：安知峯壑今來變。(四)湖月照我影。射千字文一句，淵澄取映。(五)斬六將，走麥城，射宋文一句：關盛衰之運。(六)白鷺洲。

射古人名一：分水，（七）堂堂之陣。射中影星名一：張伐。（八）未知其言之悲也。射古人名一（玉帶格）：羊角哀。（九）婚姻註册。射中影片名一：掛名夫妻。（十）萬年青。射中國市名一：長春。

「釋謎」：第一條：按本港規定之夏令時間；係撥快一點針，冬令時間，撥慢一點針，題面云云，乃指冬令時間而言。底句「節候看應晚」，其指冬令，已無疑義，映射題面，自然貼切。謎友沈君前此曾用此題文，射六才句，原扣「這時節」而蕭君亮同文射爲「權時落後」，尤令人擊節歎賞不置！第二條，題面用別解法，「老」作老子用。老子，姓李氏，名耳。底句「耳」，踏實爲李耳，關合老字。言猶在耳，乃云李耳尚存在也，表裏相扣，謬而有神，第三條，而江山不可復識矣！語出蘇軾後赤壁賦句。按蘇子復遊赤壁，距前遊僅三月耳，已改舊觀，不可復識，如江流有聲，斷岸千尺，山高月小，水落石出，非復水光接天，萬頃茫然之景矣。故底句，「安知峯壑今來變」，亦屬再游桃花源舉目有山河之異語氣。且以峯扣山，又以壑映江，亦切。第四條，題面見李白詩句，「湖」中皓「月」，會意淵澄，「照我影」，扣「取映」，頗好。第五條，題語係本三國志說部，以關公所歷關隘五處，斬將六員，及敗走麥城故事。謎底「關」字，作關公解，妙極！盛衰之運，前者爲盛運，後者爲衰運，扣合得牢，具見作者善取底材，掛面尤貫以家喻戶曉故實，寥寥六字，括盡漢壽亭侯生平盛衰之運，句涵週到，佳構也。第六條，按白鷺洲，在江蘇江寧縣西南，揚子江中，李白詩：「二水中分白鷺洲」，據此而扣以分水，饒有書卷氣，弦外餘音，能机變之巧，斯美矣！第七條，堂堂之陣，按：（論語）堂堂乎張也。（書）「不愆於四伐五伐六伐七伐」，「不愆於五步六步七步」。今行陣之言步伐本此。謎底「張伐」，關映題文，神意俱足，且此「伐」字。別解得好。第八條，題語見韓愈祭十二郎文句，底「羊角哀」，玉帶格，諧角爲嚳，轉作「羊嚳哀」，此以去扣羊，知扣嚳，其言之悲也扣哀，一齊入彀，毫無賸義。第九條，婚姻註冊。按婚姻謂嫁娶也，「註冊」即是登記於公家之簿籍焉。謎底「掛名夫妻」，掛名猶登記也。以之扣「婚姻註冊」甚合，而「掛名」二字，語含幽默，其味儁永。第十條，「萬年青」，本多年生之常綠草名，「萬年」極言其長久也，「青」謬作「青春」解，底扣「長春」正如天衣之無縫。

（一）利有攸往。射秋聲賦一句：於行爲金。（二）西子蒙不潔。射六才一句：臭豆腐。（三）只是昨宵今日清減了小腰圍，射六才一句：比舊時肥瘦。（四）左右開弓似射鵰。射水滸人渾號一：沒羽箭。（五）耳有三漏。射文化界聞人一（已故）（捲簾格）：聞一多。（六）爲江白刎，麥城昇天。射中影片名一：翠翠。（七）雪擁藍關馬不前。射宋文一句：其道愈難。（八）覺來無處追尋。射聊目一：夢別。（九）直欲樵漁過此生。射詞牌一（

展翼格）：水仙操。（十）及門女弟子。射西影片名一：入室佳人。

「釋謎」：第一條，題面「利有攸往」用易經句。謂利有所往，以「利」扣「金」，蓋本毋金而獲子金曰利也。「往」猶言之也。「行」凡物之流動曰行，就底句「於行爲金」而言，不當用倒裝句法，爲題文析義，方見妙諦，所謂紆餘爲姸也。（觀裕按：利字之義，似應作財利解，以隱金字，比較適宜？）。第二條，「西子蒙不潔」語見孟子句。按下文爲「則人皆掩鼻而過之」，底扣「臭豆腐」，以俗有豆腐西子之稱，此則形容「臭」字入木三分，大有令人不可向邇之概。而以「豆腐」扣「西施」，意極新巧，可謂前無古人矣。第三條，「只是昨宵今日消減了小腰圍」。按第二句細睨其已消瘦矣：謎底所稱「比舊時肥瘦」，關映謎面全文，渾成貼切。第四條，「左右開弓似射鵰」，面用王懷麒八段錦之名詞。既云似射鵰，即是沒有鵰鳥，僅徒手作引弓勢而已。底扣「沒羽箭」，謬釋爲「沒」有「羽」而射「箭」，尤以羽字關映鵰，更屬熨貼。第五條「耳有三漏」，「漏」竅也，（白虎通）禹耳三漏。底扣「鬪一多」，捲簾轉讀爲「多一鬪」字字扳出，刻畫入微。第六條，烏江自刎，係指楚項羽故事。婺城昇天，是關羽故事。之二者之死，恰巧同名爲羽，底扣「翠翠」，各作離開讀，成爲羽卆羽卒，第一字「卒」，切合烏江自刎，第二字「卒」，切合婺城昇天，各自抵銷，如晴雲捲空，毫無渣滓。第七條，題面「雪擁藍關馬不前」，語見韓愈自詠詩句。底扣「其道愈難」，一「愈」字踏實，作人名韓愈解，謂在藍關道上，韓愈感嘆行路難也。第八條，題面「覺來無處追尋」，語出孫洙何滿子詞句。其上文「惆悵舊歡如夢」，作者把握此「夢」字，緣文生情，扣以「夢別」，神意盎然，恰切不頗。第九條，「直欲樵漁過此生」，而見千家詩張豐句。按此語，是欲採山釣水，過其優遊生活，以娛老景。底扣水仙操，展翼格，即將仙字讀作山人，而成爲水山人，關映漁與樵，操字切所執持之志行，底面扣合得牢，佳構也。第十條，及門女弟子。以及門會意入室，入室係本諸論語：「由也升堂矣：未入於室也」。按「及門」受業門下之謂，弟子而冠以女，籍扣「佳人」，其義曲解亦通。

（一）託微波以通辭。射聯目二：甄后，瞳人語。（二）有閔其苗之不長者。射聯目二：念秧，小人。（三）十日不雨則無禾。射聯目二：向杲，念秧。（四）偶語者棄市。射聯目二：二商，劉全，（五）山下出泉。射聯目二：河間生，土偶。（六）不才明主棄。射聯目二：王者，任秀。（七）護花使者。射聯目二：阿英，一員官。（八）吳姬醉舞。射聯目二：金陵女子，酒狂。（九）操強弓毒矢，以與鱷魚從事，必盡殺乃止。射聯目四：韓方，武技、于去惡、劉全。（十）戲拈禿筆掃驊騮，欲見騏驎出東壁。射聊目五（露春）：韋公子，畫壁，畫馬，象，眞生。

「釋謎」：第一條，託微波以通辭。語見曹植洛神賦句。「洛神」宓妃也，本宓犧氏之女，溺死洛水爲神，見（漢書音義如淳說）。按洛神賦，因植思甄后遂作感甄賦，後明帝見之，改爲洛神賦。底扣「甄后、瞳人語」，甄后，切題來歷，具見緊貼。常人於此點，多不經意，故其病太泛。「微波」謬解微泛秋波，以扣瞳人，即本李賀詩，「一雙瞳人剪秋水」句。通辭，扣「語」字，都洽。第二條，有閔其苗之不長者，語出孟子句。「閔」傷念也，「苗」禾之未秀者曰苗。按此則底句，作頓讀，更見有神：念秧小，人。以「人」字關照「者」字，甚好！第三條，十日不雨則無禾語，見蘇軾喜雨亭記。按題意：祈雨情切，深懼苗槁。「十日不雨」扣「向杲」，「杲」明也，（詩）杲杲日出。則無禾一義，猶言則苗槁—扣以「念秧」，關懷之至。不佞見以上兩則念秧謎，各具神趣，偶憶陳獨漉詩有句云：「須知元元命，系此青青絲」亦成一謎，作爲續貂，工拙不計也——射「頤生，念秧」，以青青絲，蓋指禾苗也。第四條，偶語者棄市（見史記）。「偶」雙數曰偶，以二商關映偶語，妙極！「劉」殺也，劉全，謬釋統殺也。第五條，山下出泉，語見易經句。射河間生，土偶。按底應作：河間生土，偶。「偶」對偶也，猶錦屏格，以底面字句，恰相對偶也。（按此謎係廈門王廸臣君所製）第六條，不才明主棄，語見孟浩然歲暮歸南山詩句。以明主扣王者，棄不才一義，換言之，自然是任用優秀分子，故扣以「任秀」，此則屬于反面擊射法，言在此而意在彼，極見生動，方之呆板刻畫之製，倜乎遠矣。第七條，護花使者，以護花扣阿英，匠心獨運，匪夷所思矣。「阿」謬解阿護也，「英」花也，「使者」猶言使節也，故扣以「一員官」。第八條，「金陵」，地名，原屬吳郡。謎面：「吳姬醉舞」，射「金陵女子，酒狂」。則以金陵扣吳，女子扣姬，而其醉後起舞，縱情狂歡，可以想見，且「酒狂」二字，不啻乃爲此姬寫照也。第九條，題面見韓愈祭鱷魚文。按上文有「刺史則選材技吏民」句，射韓方武技于去惡鋤奸，底既映合題文，又能遙應「夫傲天子之命吏，不聽其言，……皆可殺」，及「以除蟲蛇惡物爲民害者」等句之意也。論此組織，亦落落大方！第十條，題面見杜工部題壁上韋偃畫馬歌。按上文有「知我憐君畫無敵。……」，底扣韋公子畫壁、畫馬、象、眞生。其末橛象眞生二曰，乃名詞謬作形容詞也，饒有作意。畫壁之「壁」字，有犯面文，故特標明「露春格」也。古謎中集合聯目之類，佳者固多，但能集至四則以上，如天衣無縫，典雅擅場者則無幾，茲順舉前人佳製數條，用作茶餘酒後之談助：如「侏儒飽欲死，臣朔飢欲死」，射「小人、老饕、大人、餓鬼」。「青山有幸埋忠骨，白鐵無辜鑄佞臣」，射「西湖主、岳神、廟鬼、秦檜、象」。「捉月騎鯨」，射「江中、夜明、李生、酒狂、成仙」等。均能以一氣呵成，所謂裁縫滅盡鍼線迹者歟？

（一）千樹萬樹梨花開。射孟子一句：猶白雪之白。（二）古時字。射詩經一句：不日成之。（三）星星之火，射孟子一句：然而不王者。（四）往來無白丁。射五唐詩一句：同是宦遊人。（五）雨足郊原草木柔。射詞牌一：青山濕遍。（六）必盡殺乃止，其無悔，射導演人名一：屠光啓。（七）秀外慧中。射六才一句：俊是龐兒俏是心。（八）離別正堪悲。射晉文一句：當其欣於所遇。（九）已畢天下言。射本港社團名一：世界語學會。（十）光武興。射本港大廈名一：啓明行。

「釋謎」：第一條，千樹萬樹梨花開，語出岑參白雪歌送武判官歸句。上文爲「北風捲地白草折，胡天八月即飛雪，……。」按題文之眞義，非寫實也，乃借以喩梨花之白色也。根據上文故底扣以「猶白雪之白」，包涵題義，神與古會。第二條，按時字古作「旹」，從出從日，（見蒼石山房文字談）。出即之字，底句扣不日成之，謬將古時字作無日字便成之字也。此以古奧勝。第三條，星星之火。星星猶點點也，即言小小的火花，謎底「然而不王者」、「然」燒也，「王」盛也，俗作旺，合解爲燃燒而不旺盛者，關映題面，甚切。第四條，往來無白丁，面用陋室銘句。「白丁」平民也，謂凡所交遊者無一平民，換言之，俱是仕宦之人，底扣「同是宦遊人」，亦切。第五條，雨足郊原草木柔，語見黃庭堅詩句。「郊原」，謂郊野平原之地，扣「山」雖未甚緊，然山關映郊野，理亦可通。「草木柔」，會意「青」字。「雨足」扣「濕遍」形容盡致。第六條，題面見韓愈祭鱷魚文。「必盡殺乃止、其無悔」，扣底「屠光啓」，「屠」殺也，「光」有罄盡之意，「啓」猶言啓告也。底面闕合，神情活現，一似韓愈當時有意特鑄此句，欲留待製謎家之使用者。第七條，秀外慧中，用成語句。扣以「俊是龐兒俏是心」，關映妥貼，殆如吟到梅花句亦香也。第八條，面見盧綸送李端詩句。「離別正堪悲」，以扣「當其欣於所遇」，此則用對面寫照法，襯托底句意義，倍見精神，「當」作應該解，「遇」，猶言遇合也，扣映流動有致。第九條，不含典實，純用白描，以已畢天下言爲面，扣「世界語學會」。妙在「學會」兩字，別解得好，一經道破，令人如啖哀梨，爽沁心脾。第十條，面用三字經句，謬解光爲天光時，武興，作步武興起也，底扣「啓明行」，行作動詞解，自然切合。（觀格按：行字作動詞解，應註明解鈴格以示別）。

十七

閩張味鱸君，所著棐園春燈話一書，內容充實，議論風生，大有傲睨謎壇之概，在北平射虎社，曾推爲巨擘。其自製之謎，頗多佳作，如：王稽入秦，射「祿在其中矣」。信陵君何以能竊魏王虎符，射「如在其左右」。秦留孟嘗平原不遣，射「文勝質」。手拈着紅繡鞋兒占鬼卦，射「視履考祥」。莽大夫，射「揚于王庭」。請車爲椁，射「弟子輿尸」。叔度襟懷汪汪若千頃之陂，射「黃流在中」。凡此數謎，不特味鱸自謂係錄中之最佳者，即我對之，亦爲讚嘆弗置。其次尚美不勝收。

然亦有使人未敢苟同者，如味鱸論謎有曰：如四子中一人陶一句，以爲陶氏故實，必有可合者，而搜索枯腸，迄無所就，乃忽得歸去來辭「懷良辰以孤往」一語以扣之，認爲乃天然配合之佳偶。以余視之，尚非夙締良緣也。何以言之？以其所切合者，祇下半句「以孤往」扣一人陶耳，而上半句之「懷良辰」，則不免抛荒故也。况往字亦嫌失洽，祇以跟賦歸之辭旨，勉强凑上耳！余嘗就其原底，用陶侃之典實，仿製兩謎？一爲「當時比之諸葛孔明」，此以摹神，兼烘染法，襯托底句之一人陶，即題無賸義，神與古契矣！一爲「誰繼大禹以惜陰者」？雖稍着跡象，然一人陶于答問下，脫口而出，毫無滯相，似亦差勝一籌邪？又張君以淵淵其淵一句，因其句法頗奇，思以新意撰一佳謎，而久無所得，乃忽憶及「鼓方叔入於河」以扣之，以爲三淵字一齊入彀，文章有神，不禁狂喜云云。然細按之，方叔一名，既落空際，而鼓字亦非本然之鼓聲，自不得稱爲一氣呵成之佳品，吾意如易以「塡然鼓之」一語，豈不遠勝之耶？誠以「塡然」隱「淵淵」，同爲鼓聲，既極脗合，而「鼓之」隱「其淵」，反映上文，以扣其餘義，尤見神妙入化，詎非如張君所謂懸之國門莫能易一字者耶？（味鱸自稱其謎之不可移易者，曾作此語。）

此外味鱸取評他人之謎，亦有忒持偏見，不足爲訓者，如近人所製之一二梅花烘夕照，射詩經「三五在東」一謎。他則以其「極力刻畫而嫌其着跡。」乃就該底另製出四條（一），爲：墳典異書來日本，則以墳典貼三五，而以日本貼東字也。（二三從略）四，爲：東字，則以東中之兩點八字，其數爲三與五也。以與前謎相比照，而自詡其首條爲自然之作云云。此在味鱸之意，豈不曰此善於彼耶？其實遜色多矣！何則，蓋其首條所製，病在以三墳五典係吾國上古伏羲神農黃帝及少昊顓頊高辛唐虞之書，竟杜撰爲來自日本，則其極力刻畫（引用味鱸語）與非自然之感，概可想見。何如一二梅花烘夕照之以一二扣三，梅花扣五，（梅花有五瓣）而以烘夕照，（夕照，指日西墜）反映在東，既愜當又巧妙者乎？是近人一謎，只可嘉其寓有深意，不能嫌其着迹也。且就題義論，亦比較「墳典異書來日本」句，綽約而多姿焉。至於東字謎，以丷作八，東作東，則扣合牽強，自鄶以下矣！

更有離奇怪誕者，如以癸丣年正月十一日射「人」字，自言張燈首日，係正月十一日，而其年立春爲正月八日，至十一日則春去三日矣云云。余謂此謎以春字減去三日爲「人」，既屬臆造虛構，而以初八立春，至十一日竟稱之爲春去三日，尤屬謊唐無理矣！按立春之義，乃東皇司春之神，即位之謂也（東皇亦稱爲青帝。立，即位曰立，見左傳桓公立。）故不曰入春，而曰立春者，其義本此。夫東皇於初八日立位司春，至十一日，只可稱爲春來三日，不能謂爲春去三日也。且一年分四季，一季三個月，故賈島三月晦日詩有句云：「共君今夜不須睡，未到曉鐘猶是春。」則春去三日，應是四月初三更爲明證矣。但以節氣而論，亦可于立夏後之第三日，稱爲春去三日。凡此四時代謝相生之義，自古迄今，理無二致，今張君獨以顚倒出之，可謂弄巧反拙矣！

最足爲該「話」蒙不潔者，即處共和政體之下，竟製出爲帝制自爲之袁世凱張目之謎，如所製屬於政治一類者，曾假設一問曰：「人才若何」，則以項城智略過人，射三國人一「袁術」。又曰：「內憂若何」？則以孫文反抗政府，射左傳一「中山不服」。回憶在同一時期中，吾厦謎家有以項城多權詐射「袁術」。孫逸仙大爲反對射「中山不服」者。以此例彼，其順逆之道，相去遠矣。彼味鱸以反孫祖袁之口吻，而製成該兩謎，其用意所在，正不啻莽大夫之「劇秦美新」也。人言味鱸乃一袁系餘孽，不其然耶？

十八

黃君夢華，復於甲午初春在港報刊登以蘭亭序爲謎材之徵作，其辦法係由主編者先作初選之抉擇，再由入選者互評數名贈獎，亦創舉也。余承邀曾製投七謎，錄取其六爲：酒龍輒吟詩，射「一觴一詠」。家語，射「晤言一室之內」。妻室隨遊宦浮沉三十年，解鈴，射「

夫人之相與俯仰一世」。非輪迴，射「固知一死生爲虛誕」。大會場中之記者席，射二句，不速「列坐其次，錄其所述」。東方既白，射「是日也」。等作。閱其所發表錄取之謎刊及函稱，計參加者三十多人，（中一女性）凡一百五十四則。蘭亭序全文，幾乎采擷殆遍。琳琅滿目，工巧兼備，令人嘆觀止矣。茲特采錄數十則於後：

（甲）、底用蘭亭序句者

竹報平安世、穌湮洪水期。　射「永和九年」
民二　射「歲在癸丑」
九九寒消後，雙雙情至時。　飛唱射「暮春之初，放浪形骸之外」
竹林之遊　射「羣賢畢至」
尖　射「少長咸集」
影徙隨我身　射「映帶左右」
不敢居首席　射「列坐其次」
獨樂樂　射「雖無絲竹管絃之盛」
對酒當歌　射「一觴一詠」
應共寃魂語　射「亦足以暢叙幽情」

如盤如湯　射「是日也」

鶴鳴於九皐　捲簾射「天朗氣清」

鄙夫寬獨夫敦　射「惠風和暢」

天文台鏡　射「仰觀宇宙之大」

回頭下望人寰處　射「俯察品類之盛」

娛樂場　射「所以遊目騁懷」

縱耳目之慾　曳酉射「足以極視聽之娛」

瑤箋一展喜上眉梢　射「信可樂也」

白頭偕老　解鈴射「夫人之相與俯仰一世」

指腹爲婚　升冠，系鈴射「或取諸懷抱」

離居不可道　射「晤言一室之內」

骨肉流離道路中　射「放浪形骸之外」

董安于佩絃西門豹佩韋　射「靜躁不同」

嫁得金龜壻　射「當其欣於所遇」

賭勝馬蹄下　射「快然自足」

東來紫氣滿函關
閒行又困
清娛甘作妾
舊債
古戰場
侏儒長三尺月俸一囊粟
臣九尺餘月俸亦一囊粟
百年而後崩
仙遊實壯哉
同
含情無片言
非輪迴
明月千載一例看
婦啼一何苦
現代名流言行表

折柳格射「曾不知老之將至」.
射「及其所之既倦」
射「情隨事遷」
叟履格射「向之所欣」（將欣作欠）
系鈴格射「以爲陳跡」
射「況修短隨化」
射「終期於盡」
挈領格射「死生亦大矣」（讀爲死亦大矣）
射「若合一契」
射「不能喻之於懷」
射「固知一死生爲虛誕」
射「後之視今，亦猶今之視昔」
解鈴格射「悲夫」
升冠格射「故列敍時人」

記口供　射「錄其所述」

但仰屋竊嗟者　射「所以興懷」

雁字傳鄉信　射「其致一也」

前不見古人　射「後之覽者」

蘭亭已矣　射「亦將有感於斯文」

（乙）、面用蘭亭序句者：

此地有崇山峻嶺，茂林修竹　射縣名一：「高密」

羣賢畢至　射水滸綽號一：「智多星」

羣賢畢至　射四子一句「不肖者不及也」

一觴一詠　射醉吟先生傳一句：「醉吟相仍」

是日也　射中影片一：「不夜天」

亦足以暢敘幽情　射六才一句：「只這脚跡兒將心事傳」

仰觀宇宙之大　射六才一句：「望眼連天」

足以極視聽之娛　射物名一：「傳眞机」

信可樂也　射三國人名一：「申耽」

唔言一室之內　射字一：「闇」

唔言一室之內　射晉文一句：「不足爲外人道也」

情隨事遷　射千字文一句：「逐物意移」

向之所欣　射詩經一句：「今者不樂」

向之所欣　射三國人名一：「方悅」

俯仰之間，感慨系之矣　射唐詩二句：「舉頭望明月　低頭思故鄉」

終期於盡　射五唐詩一句「明日歲華新」

古人云　射韓文一句：「老者曰」

快然自足　射水滸綽號一：「神行太保」

未嘗不臨文嗟悼　射千家詩目一：「觀書有感」

亦猶今之視昔悲夫　射七唐詩一句：「人世幾回傷往事」

亦將有感於斯文　射古文一：「臨表涕泣」

十九

昔人有以己名製成謎語者，如陳亞自爲亞字謎曰：若教有口便啞，且要無心爲惡，中間全無肚腸，外面強生稜角。見靑箱什記。

余在鹽川工黨懸謎時，曾以己名爲謎底，面文則用「俯察品類」，射黨員一，繫鈴，是謎纔懸出，同志中江金耀君，即含笑問曰：得毋「沈觀格」耶？余報之以笑，鳴鼓揭下，衆亦稱善，間有讚以「眞不愧江博士」之聲者，蓋江君在黨中僉以博士目之，故據以相戲也。

然亦有以他人之名姓作爲相謔者，石美蔡灼如先生告余一謎，至堪捧腹，據云：香港某謎家，戲懸一「斬頭祭馬生」，（生，奴限切，俗稱陰莖也。）射本地人一之謎，歷時頗久，無人能予發射，有蔡篤生者，蒞場見之，遽自伸手揭下，怒斥主謎者曰：爾小子何太無禮，將乃公大名，作爲消遣品耶？於是惹起猜衆哄堂不迭。蓋斬頭祭馬生之義，即删去蔡篤生之字首，而成祭馬生也。若某謎家者，可謂謔而虐矣！

又相傳：曾曹二人相約會於某處燈市，及期，曹先至，曾久不來，頗苦之，迨曾至，曹戲謂曾曰：我有一謎爲「曾孫來止」，射史記一句，請君細思。曾思之不得，請謎底。曹自指其鼻曰：「我太公望子久矣」！曾怒其戲己也，曰：僕亦有一謎，「將軍魏武之子孫」，射吳諺一，知君必猜不着，請巡揭出之，因指曹曰「操你的祖宗」！此則各就其姓，作爲調侃之工具，恰巧有此兩則典故，以成爲天然勁敵，是佳製，亦是趣聞。

二十

不佞捌立「重門」與「一箭雙鵰」兩謎格，蒙李先生小谷題贈一詩，奬借有加，益滋愧矣。順爲錄出於次，藉表謝忱！

李先生詩曰：——

觀格發明新謎格，「雙鵰一箭」與「重門」；

式文百格廋詞外，釋格何須韓振軒。

原註云：王式文撰廋詞百格，韓振軒撰增廣隱格釋例

觀格按：李先生詩所引韓振軒（北平人）著有增廣隱格釋例一書，當係根據靈霄閣謎話所載而作也。惟韓書除靈霄閣謎書介紹欄爲之刊及外，詢之其他謎界同人，咸云：尚未獲見。且格雅欲購閱，曾託燕友代採，亦難以得到，故疑或爲一尚未出版者。用誌所見，以待證實。然而謎書在現下之貧乏，尤有未能已於言者，如格近以需要參考書故，歷經分向廈漳泉福州及上海南京北平等處搜採，結果除滬方未得復息，餘均一書莫獲，可謂大失所望矣！顧安得今之負責提倡文學藝術部門，秉承憲法規定宏旨，畀以鼓勵和幫助，庶謎界之墜緒可振，而文藝前途亦得放一曙光，豈非一大幸事？茲因偶談韓書，順誌所感，以當展望！

二十一

頃者又承李小谷先生惠贈一箋，箋之一面，蓋上距今約四十年間曾經合刊五加皮謎書之王步蟾、呂澂、周殿修、柯榮試，錢作霖諸前彥印章，印章下各加註名字別號，並附跋語云：「右五先生著謎五加皮，王、周、柯三先生各有謎集藏於家。若呂錢二先生所傳者數條而已。觀格仁兄好謎，並能搜羅謎界掌故，可謂同志也。——小谷」。其另一面題詩一首曰：「思量燈味憶兒時，每過詒園悵七嬉；一樣叢殘歸浩刧，卅年神往五加皮。」拜領之下，非特對李先生勞神搜集四十年前之印章，無一或闕爲可感；而於具有歷史性之文物意義，尤可珍也。余已什襲藏之，擬爲裱褙裝入鏡框，以垂永念矣！

二十二

余於新謎格，輙有發明，已另詳謎格舉例。玆因鑒於橐園春燈話，有謽及：「古人之謎多平易，今人之謎多庸俗，邇來所見殊鮮當意者」之語。及欲引致同人共相切磋，以俾謎學日益進境起見。復創一「雙射法」，即以一謎經初射破的後，再將其所射中之謎，作爲面文，複射另一底句，名曰：「連璧格」——謂兩璧相聯也——取莊子「日月爲連璧」之義。蓋以如此製出，既於射覆上，比較複什化，自無平易庸俗之病。且於謎材之取資，亦可就昔人成句，出陳翻新，而不虞其有雷同者矣。爰製成例謎三則如下：——

（一）紂心見呂氏春秋註　初射成語一　複射四子一　連璧格　「一竅不通」「未有孔子也」

（二）孔教會會員　初射四子一　複射瓊林二　連璧格　「仲尼之徒」「賢人七十，弟子三千」。

（三）穿壁引光　初射三國異名一　複射四子一　連璧格　「孔明」「仲尼日月也」

二十三

謎語之底文，製時欲令別解者，則有謎格可資取材，而面文則否，或曰：面文不當作別解。然亦往往有之，且具見靈巧別致，未可或非焉。如上文所舉之西女，射要離。個個官中人，射管仲。此雖屬離合體，要亦謎面作別解之一例也。曩承友人述及一謎，以生員和尚，射春秋人，「伍奢」。蓋言生伍員和尚者，伍奢也。余製有：獵戍居住，射諺一，「打狗帶着主人」（註：帶着即「帶念」意。又俗指居處曰「帶」，故扣居也。）此就住字拆開爲主人也。又以死者十九人，射葯名一，「獨活」。是乃於十九人之十字一讀，而成爲死者十人中已有九人矣，凡此，即面文之作別解者也。爰錄之，以備一體。

惟是底文之作別解者，除遵循謎格外，尚有其他之另具微妙含義，爲初學所難明，而亟欲以求解答者在焉，茲舉兩例，以俾反三之助：如集中所載之伯鸞自可慕，射我愛孟夫子一謎。驟視之，孟光乃伯鸞之妻，何得竟稱之爲夫子，幾疑不通矣！不知孟夫子一名，乃指孟光之夫子，非指孟光本人也。又如上文（九）所評列之謝小姐賢達一文中之謝嫂嫂句。亦應稱作謝氏嫂嫂 不能作爲謝家嫂嫂也。大凡謎之曲筆，其詭譎處，皆作如是觀。然必經揭穿後，纔見如畫龍點睛，頓覺活潑潑地矣！明乎此，則謎中所具之別裁與精義，不難推想而知。

二十四

隱人名謎，宜用其名，不宜用其字，歷來作者 恒遵此制。然本名之外，以地稱，以官稱，以字號稱，以封謚稱者，亦往往而有。故近人有從其著稱而爲之者矣。如以：松子，射「大夫種」。孫，射「子產」者是。余亦製有：柴米油醬醋茶，射后妃異名一，「無鹽」。謎，射石人一。梨花格，「甄士隱」。此蓋因鍾離春以無鹽邑名稱，而甄費以士隱字行故也。吾人以爲製人名謎，也旁及異名者，正如詩家之遇有奇句，不受平仄對仗等成法之所拘泥，同一理也。故余已將其采作謎格，列入謎格舉例一門，以闢爲新園地，而俾製謎家之擷取焉。

二十五

隱數字，製謎者多以吼目之四十千，春秋時人之伍員　取爲謎底，作成算術問題徵射，頗具心計之巧，但不免太淺顯易射耳。余竊師其意，而生面別開，蹊徑另闢，曾製有：二五不足三四有餘，射四子一，「其實皆什一也」。一而二二而一者也，射商號一，「三三」。一一如一，射詩經，「其實三兮」。所謂九九「行佣」究屬幾何？射後漢書（班超傳）一，「百分之一耳」。近閱夢梅花館謎語製有：有人租瓦舍二百座每年納洋蚨五千二百大員問瓦舍每座每半年當納洋蚨若干，射韵目三，「一屋，六月，十三元」。亦殊不弱。

二十六

大凡從事製謎，而囿於見聞者，誦唐詩至「昨日之日不可留」。未嘗不靈機一動，而思以「乍」字爲面以扣之也。讀四書至「鳳鳥不至」。「斯出矣」等句。未嘗不觸類旁通，而思以「凡」字及「有連山」爲面，以分扣之也。看西廂記至「半推半就」句，未嘗不猛思以此句爲面，隱一「掠」字也。唸詩經至「吁嗟濶兮不我活兮」，及「漢之廣矣」句。亦未嘗不思以「門」字及「匈奴號爲飛將軍」句，以分扣之也。所以然者，以其爲絕好之謎材故耳。余竊昔於上述諸句，披覽所及，亦嘗有依樣製出之思，迨後因知已均被古人先我而爲之者矣，乃放棄斯念，以避抄襲之嫌。而獨於漢之廣矣一語，則另取王昌齡詩之「龍城飛將」以扣之，仍見典重，自謂差堪媲美，不禁色然以喜。憶江都孫鳳翔之惜令軒說謎，嘗言：「面用成語爲佳，惟佳謎多被前人用盡，不得不出於結撰，但詞要雅馴，即用俚言鄙事，亦須俗不傷雅」。所論雖非全面，要亦確有其見地。但靈霄閣謎話曾非議之曰：余竊以爲不然，夫四書五經，諸子百家，可爲謎面者，何止億萬，亦何患乎少天衣無縫之佳製云云。則未免近於空泛，而乏深入耳。

二十七

鏡花緣所載諸隱語，因其在當時說部中，尙屬僅見，且就質量言，亦較尋常爲優越，故其佳者，早已被謎書及報章什誌等所採登，茲不贅舉。惟堪與相伯仲者，厥爲紅樓夢之謎，而以隱物詩，每首各就作者之終身結局，預示先兆，更見情景俱到。如賈元春所隱之「爆竹」詩曰：——

「能使妖魔膽盡摧，身如束帛氣如雷。
一聲震得人方恐，回首相看已化灰」。

林黛玉所隱之「更香」詩曰：——
「朝罷誰携兩袖烟，琴邊衾裏兩無緣。
曉籌不用鷄人報，五夜無煩侍女添。
焦首朝朝還暮暮，煎心日日復年年。
光陰荏苒須當惜，風雨陰晴任變遷」。

寶釵所隱之「竹夫人」詩曰：——
「有眼無珠腹內空，荷花出水喜相逢。
梧桐葉落紛離別，恩愛夫妻不到冬」。

尚有寶玉、迎春、探春諸作，亦均寓有深意，恕不縷述。

吾廈名謎家許宗岳前輩，曾製有隱「灼」謎一絕，深爲謎界同人所歎賞，其詩曰
「耿耿黃昏後，傷心淚不乾！
紅妝頻瘦損，留骨與君看」。

大興名士張郁庭君，製有梅花詩二十一首，各隱一物，亦覺清新工隱，順采六則于

下：——

隱「鞦韆架」

「曾聞良木直從繩，脫却塵埃得上乘。
聊借一番風送力，纖腰何患不能勝」。

隱「噴壺」

「天工人代雨成霖，不必黃梅晴亦陰。
傾倒蓮台甘露降，欣欣果有向榮心」。

隱「紙鳶」

「吹來疎影助游談，乘興提携腕力擔。
收放莫教輕撒去，嶺南翹首望江南」。

隱「百像圖」

「畫裏冰魂爲寫眞，移來幻影却如神。
清標筆筆形容入，擬得芳姿亦可親」。

隱「耳環」

「一灣瘦影一輪圓，肉眼分明也望穿。

待得晚粧輕摘下，朝來又掛兩垂肩」。

隱「松江箋」

「窗前閒卷浣溪紗，采落人間五色霞。

一自詩人品題後，丰姿端的勝桃花」。

二十八

紅樓夢之隱物詩，既如上述矣。然書中之人物事跡，固爲世人所習知，而其間之可歌可泣者，設有能採作謎材，尤大堪一唱三歎焉！憶近人所製之：智能兒與賈寶玉談情，射唐詩，「君向瀟湘我向秦」。及：寶玉爾好，射左傳，（系鈴），「其以賈害也」。可謂均佳矣。余嘗戲擬數條，而尤以賈（寶玉）林（黛玉）情愛之膠固，死生不渝，曾製成兩謎，一爲：病神瑛淚灑相思地，射唐詩，「總是玉關情」。一爲：眼空蓄淚淚空垂暗灑閒拋却爲誰，亦射，「總是玉關情」。此上謎寫寶玉，而下謎則寫黛玉也。人以製一運典雅切之情謎而不得，吾則於該兩謎，信手拈來，殊不費力，天然巧合，殆疑有神助矣。此外，復以怡紅瀟湘衡蕪三人，製成一謎，題爲：警幻案中對賈公子婚姻問題及最後歸宿作何註定？射千家詩，「敲斷玉釵紅燭冷」。面文用賈公子婚姻問題及最後歸宿爲問？以跌出底句敲斷玉釵紅燭冷之答辭。此須分作兩層以說明之：（一）黛玉寶玉固已兩小無猜，早證同心。但惜不能成爲夫婦，徒見黛玉之「香魂一縷隨風散」耳！而寶釵與寶玉，雖得爲夫婦矣，究終不免「恩愛夫妻不到冬」之嘆！故底扣以「敲斷玉釵」。玉，指黛玉，釵，指寶釵也。（二）寶玉因婚姻問題，有違夙願，遂出家而去。故扣以「紅灼冷」，紅，指寶玉，而灼冷，則分隱出家時，夜對青燈，以度其冷靜之生活也。觀此底文寥寥七字中，說盡賈林薛之婚姻關係，及最後歸宿。層次分明，含義周到，可謂前無古人矣！

二十九

堅匏集，載有遂安毛鶴舫先生截詩隱語十二首，每首隱四子人名四。吾廈詞家姜老漁君，曾仿其體制，製出四十首，每首分類各隱四物，及撰有不少對聯式之謎條，頗具匠心。玆就其詩句中拔尤錄次：——

穿林赤羽帶青縑　映日開屏喜色添　每句射鳥名一「翡翠」「孔雀」

皓首太公稱壽考　多情京兆筆端尖　每句射鳥名一「白頭翁」「畫眉」

殿試文章獨占魁　風雲變化禹雷門　每句射魚名一「鰲」「鯉」

身長尾細多黏質　生在松江有四鰓　每句射魚名一「鰻」「鱸」

安排網陣夕陽籬　克敵鳴威報主知
腹飽經書多少卷　秋窗夜讀處囊時
先知春信透南枝　當日章臺走馬馳
綠葉叢生長似劍　樹傍舉手有嫌疑
黃梅時節湧泉流　水上行舟忌石尤
對論英雄驚一震　浮沉晝夜繞寰球
楓江一碧接長天　柳絮青迷洞口烟
三竺六橋春水舫　峯臨渤海透雲邊
含愁吐氣翠微間　秋水洛神照玉顏
秉性玲瓏開智府　斷腸聲裏唱陽關
耕農播穀霈逢期　一陣輕揚忽轉移
萬里奔波誰吃苦　長蛇隱草色之而
鴻雁悲鳴上九霄　小娘心緒忒無聊
翻來覆去難安睡　逐水楊花兩道漂

每句射昆蟲—「蜘蛛」「蟋蟀」
每句射昆蟲—「蠹魚」「螢」
每句射字姓—「梅」「柳」
「蒲」「李」
每句射天文—「雨」「風」
「雷」「日」
每句射地理—「秋水」「春山」
「西湖」「東岳」
每句射形體—「眉」「目」
「心」「喉」
每句射泊人綽號—「及時雨」「小旋風」
「行者」「一丈青」
每句射詩經—「聲聞于天」「女也不爽」
「輾轉反側」「左右流之」

冷煖人情已擱開　漢宮永別受塵埃　「世事浮沉何足問」「一去紫臺連朔漠！」
縈懷桑梓征帆去　含淚悲歌出塞來　每句射唐詩一　「孤舟一繫故園心」「分明怨恨曲中論」

七出犯條必大歸　淑媛艷麗又芳菲　「要離」「女英」
良妯獎勵伊賢娌　從儉弗貪不自肥　每句射古人名一　「褒姒」「廉頗」

幽谷嘯風只自聞　附肝壯氣可朧雲　「虎耳」「龍膽」
觀山散慮消閒趣　榜上高標爲學勤　每句射草名一　「忘憂」「科名」

姜老漁君，又製有以詞句爲面，較之以詩句爲面者尤佳。並爲選載如下：——

瀟剎　調寄木蘭花

曉風習習。步進禪關登石級。彌勒開懷。和尚頭陀正早齋。
朝曦出峽。樹影重重還疊疊。喬木參天，薈萃雲叢萬頃連。

射五唐詩二　「清晨入古寺」「初日照高林」

幻化　調寄玉胡蝶

暮冬那有蓮枝。祇賸水漣漪。須待夏天時。纔能展玉姿。
凌霜開菡萏。除却是瑤池。任汝細思維。定然不用疑。

射聊目一　「寒月芙蓉」

相思引　調寄清平樂

儂心煩絮。夜夢伊人去。默想蕭郎無定處。雁杳魚沉堪慮。

西風冷透窗紗。如今隔斷天涯。暗卜鞋兒鬼卦。何時盼得來家。

射南詞曲名　「遙望情君」

即景吟　調寄南歌子

曲沼黃昏裏。殘荷滴滴聲。簷際有流螢。飛來窗上止。讀書檠。

射小說名一　「夜雨秋燈」

愁寄致　調寄酒泉子

寶貴翰章。投遞欲煩青鳥。荻蘆秋。鴻雁杳。路途遙。白波千里江離長。深夜夢魂來往。海天悠。潮信爽。驛郵迢。

射千家詩一　「遠書珍重何由達」

乞巧　調寄感恩多

隔河頻獨宿。愁盼橫波目。只望會檀郎。傲參商。喜趁佳期新秋月。晚風涼。晚風涼。此夜交歡。鵲橋離別長。

射幼學二　「牛女兩宿，惟七夕一相逢。」

三十

歲乙未，獲讀小谷先生所編之夢梅花館謎語，及其家藏王孝廉今坡小幽雪堂謎稿，盧蔚其先生留種園謎鈔，暨蔡君文鵬春山染翰樓謎剩等作。或如初發芙蓉，或若舖錦列繡，俱令人可愛。而王孝廉之遺稿，片言隻字，尤爲士林所寶重。本編以限於集隘，未能多所甄入，爰各選錄若干條於次，此雖一鱗一毛，要亦可概龍鳳也：——

小幽雪堂製有：

高祖興，射書經，「邦乃其昌」。子路爲季氏宰，射（同上），「由乃在位」。思且，射詩經，「維此六月」。達摩渡江，射（同上），「一葦杭之」。東山高臥，射（同上），「乃安斯寢」。小人長戚戚，射（同上）「樂只君子」。晨，射（同上）二句，「一日不見如三月兮」。吳宮教美人戰，（射同上），「釐爾女士從以孫子」。九江納錫大龜，射春秋經，「荆入蔡」。論衡，射禮記，「言有稱也」。喑啞叱吒，射（同上），「其音羽」。孔子哭子路於中庭，射（同上），「恤由之喪」。仲弓，射左傳，「次於伯牛」。留侯世家，射（同上），「是良史也」。鄭昭公出奔，射（同上），「其亡也忽焉」。公子小白，射公羊，「桓未君也」。施威，射爾疋，「西南之美者」。覽勝，射古文，「試望平原」。主中賓，射（同上），「東亦客也」。惟堯則之，射（同上），「天以唐克肖其德」。衣冠，射千字文，「蓋此身髮」。孟施舍似曾子北宮黝似子夏，射唐詩，「勁如參與商」。三進爵，射蒙經，「終於獻」。旦，射西廂，「袒下了偏衫」。謝酒，射（同上），「拜罷聖賢」。鳥自高飛，射（同上），「恐怕張羅」。齊梁實錄，射古人名二，「蕭史，紀信」。差池其羽，射美人二古人二，「飛燕，翩翩，張翼，不齊」。婚書，射草別，「合歡草」。曹參代之守而勿失，射木別二，「如何，無患」。

夢梅花館製有：

皦若太陽升朝霞，灼若芙蕖出綠波，射國名（簡稱）四，「比、美、日、荷」。夫子臥而不聽，射古人名三，「偃、師、重耳」。四皓安儲，射藥名二，木名一，「白頭翁，使君子，無患」，御者對曰臣聞河洛之神名曰宓妃，射聊目三，「車夫，果報，甄后」。爲秀才時便以天下爲己任，射孝經，「進思盡忠」。塈，射六才子，「望眼連天」。鞠躬盡瘁死而後已，射書經目二，「無逸，畢命」。休兵，肩撑，鴛侶：耦耕，射志目二，曹娥格，「武技，鴿巽」。男子卅歲而娶女子廿歲而嫁，射諺一，「親成五十」。歸而謀諸婦，射植物二，「回蘇，問荆」。七十二墳秋草遍，射志目二，「曹操塚，苗生」。滅明行不由徑，射詩經二，「日月其除，遵大路兮」。盡室以行，射左傳，「闔廬從之」。霎時間杯盤狼籍還要車兒投東馬兒向西，射詞牌二，「離亭宴；惜分飛」。凄凄不似向前聲滿座聞之皆掩泣，射詞牌二，「攪琵琶，青衫濕」。乃無故舉火諸侯至而無寇褒姒大笑，射四子一，「然後快於心與」。舊穀既沒，射（同上），「在陳絕糧」。人影在地，射易經，「取象乎坤」。武陵人捕魚為業，射本市校名二，「桃源，漁氏」。牧童，射志目二，「牛成草，小人」。

留種園製有：

綠荷，射毛詩，「何草不黃」。卮酒安足辭，射（同上），「受爵不讓」。魚書欲寄何由達，射（同上），「莫知其鄉」。奉昌黎王入祠，射易經，「進退之象也」。堯獨憂之，射孝經一，「唐有虞」。登堂拜賜，射四子，「入揖於子貢」。嗜酒常缺課，射（同上），「妙從事而亟失時」。仲尼之歎，射（同上），「于嗟麟兮」。宅即魯王宮，射孝經，「仲尼居」。盜泉，射左傳，「竊人之財」。在陳絕糧，射（同上），「必告不穀」。忘憂草，射古文，「小人之所喜也」。化日，射唐詩，「一片花飛減却春」。子期既逝，射（同上），「有約不來過夜半」。日上三竿醉未醒，射（同上），「高陽一酒徒」。備奔劉表表欲以荊州讓之，射（同上），「使君地王能相送」。已嫁而反，射左傳，「歸必叛矣」。然則師愈歟子曰過猶不及，射古人，「商均」。長樂老，射唐詩，「無煩憂暮年」。小弁之怨親親也，射蒙經，納履，「至孝平王」。

春山染翰樓製有：

淵明，射四子，「回也不愚」安步可以當車，射（同上），「不俟駕而行」。杞大夫，射（同上），「夏后氏以松」。高山流水之操豈復有知音者，射詩經，「思無期」。久則敬衰，射（同上），「齊人不恭」。陸遜入陣中迷亂不知所出，射（同上），「困於石」。長庚入懷，射禮記，「是爲白也母」。泥馬，射左傳，「康王跨之」。諫者有刑，射（同上），「是言罪也」。無父無君，射（同上），「孤不天」。每讀喪禮泣下沾襟，射（同上），「曾是在服」。錐處囊中孰能脫穎而出，射（同上），「莫遂莫達」。賢昆仲，（射同上），「此令兄弟」。平安竹，射（同上），「君子攸寧」，貧窮起盜心，射易經，「不利爲寇」。誓及黃泉，射春秋經，「盟於幽」。父一而已，射四子註，「其尊無對」。農之子恆爲農，射唐人，「田承嗣」。子過矣，射六才，「一時紕繆」。黯然而慚曰陰慘之氣非但不爲君利若此之爲則生前之垢西江不濯矣，射千字文，「戚謝歡招」。

三十一

長篇謎語，或隱藥名，或隱聊目，邇來謎書，多有誌及，惟欲求其盡善者實寡耳。揭靈胥閣謎話，載有海棠顚客，所製寄外書牋二篇，一致一答，暨隱誌目，情詞纒綿悱惻，非能手莫辦，特為轉錄於后：——

梅花數叠，（江城）譜兩部之新聲。（蛙曲），梨夢偶占，（瑞雲）散半天之餘綺。（晚霞）維時閉窗靜處，（房文淑）坐視帶長（阿纖）萬縷情絲。（促織）難裁幷證。（快刀）惟歎蘭因絮果，何處追求。（募緣）暗悲流水華年。（錦瑟）當場變幻。（局詐）所以言念君子不能忘心者此情耳。（竹青）曩者章台曲質。（細柳）幸逢一笑之春。（賈奉雉）彭澤孤芳。（黃英）同作三生之夢。（石淸虛）君本騮壇健將。（伏狐）我為楚岫朝雲。（神女）一盼情深。（顧生）謬蒙繾綣。（愛奴）紅燈未炧。（夜明）綠酒才斟。（席方平）良玉差幸無瑕。（王成）橫波慣能傳意。（瞳人語）幾回尋夢。（續黃粱）一枕遊仙。（珊瑚）絮語凭肩。（小二）盟言同證。（三生）君謂從玆定情，此生靡二。（恆娘）妾亦以牆花路柳，得委身而事，（土偶）無異葵傾。（向杲）兩意如環，（連瑣）迥非楮管所能道其衷曲也。（書癡）無如情天難補。（石淸虛）愛河易枯。（劉海石）囊底蚨飛，（錢流）鏡中鸞破。（菱角）吠聲吠影，驚起銀塘鴛鴦。（罵鴨）如醉如癡，忍唱玉關楊柳。（夢別）從此臨岐執手，悵輪蹄之東西。（陸判）獨夜煎心覆巢卵於眉睫。（焦螟）妾良家弱息，（宦娘）偶墜煙花。（小謝）捧心良用自憐，遇人抑何不淑。（西僧）彼輩以金錢爲目的，（阿寶）因難饜其慾壑。（老鸞）獨恨儂亦無米難炊，（巧娘）忍視勞燕飛去。（鴿異）聞君（耳中人）萍飄梗泛，（寄生）浪跡天涯。（于江）半生之長劍安歸，（牛飛）千里之兼金奚自。（鍾生）猶幸堂堂丰度究非升斗之才（張不量）望益勵志雲衢，（蟄龍）漲聲價於薛卞（金生色）妾之日夜心香願公搏扶搖而上者，（祝翁）豈惟自私也哉。（愛奴）聊陳所懷，君其圖之。（布商）

（答書）白榆滿地，（雨錢）花事闌珊，（小謝）杜宇聲聲，（鳥語）旅情如織。（布客）承卿猶念舊好，（恒娘）報以平安。（竹青）淸誨諄諄，纖塵不染。（白蓮教）祇聆一過，朗澈芳心。（鏡聽）銘感微忱（小謝）已彌綸衷曲矣。（五通）竊歎天南地北，（陸判）好夢難尋。（放蝶）時勢迄今，波譎雲詭（局詐）日惟杜門染翰，（畫壁）埋頭文園。（泥書生）詞賦縱擬長揚，（柳秀才）功名難垂汗簡。（竹青）夙蒙靑盼，（顧生）媿乏瓊琚，（果報）但願凌波早迴洛浦，（湘裙）莫因爲雨分滯陽台。（霍女）故人猶墮風塵（泥鬼）使吾內咎神明也（余德）

靈霄閣謎話，並載有正定吳君雨軒等所製之以詞句爲面者，亦覺斐然可觀，順錄其一二於下：

閨怨「浣溪紗」（隱戲目六）

莫使黃鶯枝上啼（驚夢）思量魂覓到遼西（尋夢）暗中密約語聲低（冥誓）共話衷腸怨迢遞（言懷）相思情緒鎖深閨（憶女）傳來消息反怨悽（聞喜）

秋閨「一斛珠」（隱曲牌八）

雙蛾慵掃（懶畫眉）斜倚芙蓉鏡奩悄（傍粧台）悲寂寥夫婿音杳（恨蕭郎）愁見珠箔掛魂痕縹緲（疎簾淡月）柳色拂窗青裊裊（垂楊碧）短檠光篩花頻報（燭影搖紅）遠望依依到樹梢（蝶戀花）臥聽譙樓鼓罷兩三敲（五更轉）

秋閨曲「菩薩蠻」（隱西廂四句）

重重疊疊搖清影，堂前月色盈天井。（花陰滿庭）淡淡籠秋雲。微涼兩袖分。（羅袂生寒）美人情獨耿，更有何人省（芳心自警）斜臥困朦朧，頗嫌聞塞鴻。（側着耳朵聽）

三十二

以俗語爲謎面者，固不足以語大雅，然蛾眉螓首，未必生諸豪門，裙布釵荆，固自別饒風致。此「詩三百篇」，所以爲里巷之謡諺歌謠，而近今之提倡新文學者，尤以不避俗語俗字爲主張也。矧夫謎屬文字游戲。妙語拈來，足資醒疲，既亦莊而亦諧；復宜雅而宜俗者乎

?是故鄙事俚言究未可以偏廢也！爰摭采俗傳趣謎數條於次，以資談助。

烏紙畫烏虎，燈芯擂大鼓，射四子二，「視之而弗見，聽之而弗聞」。（註一）站在聖廟前撒尿，射四子一，「陽貨欲見孔子」。（註二）大娘去做客眠床因何會震動，射四子一，「是箇驢也。」（註三）查某人潛在水內豎扒魚，射四子一，「旅酬下爲上」。（註四）撲拳賣膏藥，射四子二，「可使有勇，且知方也」。豬哥睏餚盤，射諺一，「害兄倒鼎」。（註五）白阿堂穿靴戴角車，射諺一，「烏龜假大爺」。（註六）酒眞淸，射水族四，蝦，魴，鱸，温。（註七）厦門人與鼓浪嶼結親，射水族五，「鱖，江，腥，鰱，鯉」。（註八）死要錢，射禮記，「則尸利也」。阿家媳婦「轉私室」，射藥名二，「附子，當歸」。（註九）死繪臭，大不孝，眞道士，劣裁縫。射小動物四，「蜂，虱母，呼蠅，家婕」。（註一〇）火要燒到腳後邊，射晉文，「快然自足」。學生搬（演）海反，射六才目一，「鬧齋」。語語天籟，妙趣環生，而面底意義之允洽，如水乳交融，尤見當行出色，孰謂鄙諺之卑不足道哉？

又謎家好弄狡獪。有以：手淫，射宋文二，「有動乎中，必搖其精」。戒手淫，射莊子一，「無搖女精」。（註一一）陷白虎關，射古文一，「侵入不毛」。春宮秘戲圖，射易經一，「男女構精」。好男色，射四子一，「樂其道而忘人之勢」。劉琦，射諺一。「婊子」

。（註一二）玉壺滴滴過三更，射諺一，「老罔老牛冥後」。（註一三）今日霞飛鳥道月滿鴻溝行不得也哥哥，射詩經，「經始勿亟」。其直如矢，射人體一，「陽具」。婦女月經帶，射四子一。捲簾，「未之有也。」（註一四）急色兒未脫褲便洩精，射詩經一，「不遂其媾」。處女看春宮，含情想像中。射左傳二，「他日我如此，必嘗異味」。兩岸夾一溪，無沙亦無泥；溪中泉濕濕，岸上草萋萋，射人體一，「陰戶」。詞極詼諧詭譎，意亦綺麗風流，讀之，足以遣興解愁，可與滑稽詩話稱爲難兄弟矣！（按上述諸謎，乃無意中類聚而成，細審之，居然就男女未敢公開之私生活，在此短小辭句，爲之揭露無遺，似諷似規，亦香亦艷，謂爲筆墨游戲可，謂爲社會寫眞亦無不可也。）

他如以：雙手攬下腰未曾下一拳，射諺一，「有算無貫」。（註一五）哦，射哭聲，乜我家口」。（註一六）姑娘坐牖下袒胸刺繡鞋，亦射哭聲，「汝在涵虧心做爾去」。（註一七）老員外，射諺一，「有貨賣無錢」。（註一八）親夫在房奸夫登床，射古人一，鳥名一，菜名一，唱泉音，「伊尹，鵲子，梨」。（註一九）其滑稽處，亦堪發噱。

余集中亦製有：天冷正難挨，衆之心恐怖，無疑醋味濃，不滑亦其故，射諺二，「寒甲慑，酸甲澀」。（註二〇）眼睛猶未拭㬹眵初醒時，射「目部無刨，睏株阿即精神」。（註二一）漏殘始覺金風厲，涎臉難辭雀糞喇，射「五枝鬚，鳥屎面」。（註二二）錄之，以當續貂。

附註（一）燈芯，燈心草之去皮者。（二）撒屎，小便也。（三）簡，俗呼婢爲簡。驢，諧翻。（四）査某人，指女子。豎扒魚，謂人體倒立。旅酬，讀爲女泅。（五）害，諧亥。（六）白阿堂係娼寮主。故隱烏龜。角車，房中僞器也。（七）蝦魴鱸温，爲下烘爐温之轉音。（八）鱖，讀如過。腥，諧成。鰱鯉，音同連理。（九）阿家，婦謂姑也。「轉私空」，謂秘密賣淫。附子當歸，即父子同龜之諧音。（一〇）蜂，諧香。虱，諧殺。呼蠅，（即蒼蠅）讀如護神。家蜨，音同鉸捷，即蟑螂也。俗以鉸刀斷布曰家，斷之不直曰蜨。（一一）女，音汝。（一二）婊，諧表。（一三）老，諧漏，俗稱老爲漏。罔，雖然貌。（一四）未，諧味。之，俗稱陰戶。（一五）算，俗謂攬抱也。貫，即以手搥擊也。（一六）家，諧加。（一七）汝，古通女。在通，猶言豈可。通，讀如窗。嗐，讀作開。爾去，諧履器。連讀之爲「女在窗開心做履器」。（一八）貨，諧歲，俗以年老曰有歲。賣，諧繪。員外乃富有者，故隱繪無錢。（一九）伊，指親夫也。尹，與允音同。鵲子。諧即敢。梨，讀作來。合言之，爲伊允卽敢來也。（二〇）甲，兼也。（二一）目韶，指目屎膏，謔語也，韶，俗稱精液爲韶。株阿，剛纔貌。精神，謂醒也。（二二）枝鬚，諧更秋。五枝鬚烏屎面二語。同爲譏好女色者之謔辭。

三十三

余以爲凡謎之製出，雖未必盡能如燕瘦環肥，各極其妙。然最低限度，亦須有幾分像樣，纔免醜態百出。憶某君於談虎中，曾述及一謎：「曹丘千利市加二賺錢」，射四子，「前以三鼎而後以五鼎歟」。及余旅碼時，見某謎棚懸有：掛總理遺像，射縣名，「中山縣」者。觀此兩則之爲謎，其幼稚陋劣程度，幾令人笑破肚皮矣，是即所謂醜態百出者也。余素所製謎，雖未敢自負高明，尚知兢兢從事，故凡徵射發表之謎，頗能博得當時人士之謬許。而謎友伯遠君，尤見心折，嘗承其賦贈一詩曰：「老未橫秋射覆師，建安七子比誰宜。眼中不少人渣滓，難洗牢愁滿肚皮」云云。余以過承獎飾，當亦酬答一首，中有「射覆分曹任寄情，敢云斯道已專精」之句。蓋示遜謝不遑矣。

三十四

文虎在現代，已不徒如古人之視爲美術游戲文字，而是深入民間，爲一般人所共喻與愛好者矣。故不特春秋佳日，藉以點綴風光，並已用作宣傳教育、政治、及經濟建設之利器矣！此亦謎學發展之轉捩點，值得記述之一端也。且謎學家亦智巧日出，迭有發明，如昔時之廣陵十八格，淸嘉餘二十四格，今則擴大至百格矣。獨惜有關釋例之書，只予釋格，而不予舉例示範，不無缺陷耳！至於謎體一類，則尙爲多數人所未諳，良以此中消息甚微，非覃思精研，實莫由辨晰毫厘？例如余曾製一搴神體之謎，經某友猜出，越後他亦仿製一謎，自謂勝過前謎，余覩之，則屬問答體，乃笑語之曰：「何必強分軒輊」？其實該謎不免太露色相也！又林某亦一嗜痂者流，每自炫其爲謎，「必字字扣合」，大有捨此非佳構之概。不知字字扣者，不過謎體中之一體耳，語以其他體例，則非其所知矣！可見謎體非得有專著揭櫫，並爲下定義，不獨初學對之模糊，即製謎家亦未必人盡知趣也。而謎格一門，亦應附有例謎，以爲鵠的，庶成爲謎學善本。余有鑒乎是，遂有「體」「格」舉例之輯，（詳見下文）以貫一得焉！

謎體舉例

謎體之舉例，向乏專著。有之，惟棠園春燈話所載，較爲詳備，不過其中體例，尙有須再加斟酌修改，及應予補充之處者。不揣固陋，爰將其原有之象形、諧聲、增損、離合、假借、會意各體，重新增刪釐訂，計得十二體，爲正扣、反扣、會意、刪節、截搭、搴神、象形、策問、增損、離合、假借、白描等，每體所舉之例謎，除白描外，皆係系以爛熟典故，並詳加註釋，以俾學者取法。特錄如下：——

其屬於「正扣」者。即以字義相替貼，此體爲最正大，亦最普通。如余所製之：——

（一）結子，射唐詩，「離分此夜中」。（二）寡人好勇，射詩經，「王奮厥武」。（三）姜將軍矢忠扶漢鄭大夫遺愛未亡，射社會名詞二，（秋千）「節約，生產」。

——以上以結，切離分。子，切此夜中。寡人，切王。好勇，切奮厥武。姜將軍，切約。矢忠扶漢，切節。鄭大夫，切產。遺愛未亡，切生。均屬正扣者也。

（釋）關於一，子作子時解，故屬夜中。二，寡人，王之自稱也。三，姜將軍名維字伯約，仕蜀漢拜征西將軍。鄭大夫姓公孫名僑字子產，春秋時，鄭國大夫。

其屬於「反扣」者。卽不從正面相結合，乃由反面以描寫之也。如余所製之：——

（一）陳覇先受禪，射泊人，「蕭讓」。（二）星，射易經，「與日月合其明」。（三）薛寶釵搬進大觀園，射四子「與木石居」。——此以陳覇先反扣蕭。星反扣日月。薛寶釵反扣木石是也。

（釋）關於一，陳覇先受禪於梁敬帝。梁朝姓蕭。見南史。二，星與日月爲三光。見白虎通，並見三字經。三，紅樓夢載林黛玉與賈寶玉有「木石前盟」之一段因緣。今以薛寶釵搬進大觀園，射與木石居。即本斯義以切林賈也。

其屬於「會意」者。凡題文冗長，而所扣之底句只二三字者，多屬此體。如余所製之：——

（一）人有淫心是生婬境人有婬心是生怖境，（見聊齋畫壁）射四子，「戒之在色」。（二）召債主焚劵氏呼萬歲，（見戰國策）射商號，「義成」。（三）無故尋愁覓恨，有時似傻如狂，縱然生得好皮囊，腹中原來草莽。（見紅樓夢詞句）射紅人（渾號）一，「石獃子」。——此皆從題文生情，不在字字配合，故曰會意也。

其屬於「刪節」者。此體係余仿「標點符號」之體式以擬立者。近人有無同此取徑，不得而知，蓋欲使面底成為驪珠一串，不得不將夾雜其間之閒字，從事剪裁也。如余所製之：——

（一）忽覺媚情一縷……直達心舍。（見聊齋嫦娥）射晉文，「快然自足」。（二）入門……因問弟福。（見聊齋仇大娘）射縣名，「秭歸」。（三）「解得切！解得切！」……「走罷」！（見紅樓夢）射四子，「費而隱」。

（釋）秭，與姊同。費，甄士隱名費。

其屬於「截搭」者。係將一句之上下文割去數字，其用意與刪節體同，不過截搭乃適用於底文，並須注明所要裁減之字數。如橐園著者曾以：——

臣本布衣躬耕南陽，射四子半句，「無求備」。梨園子弟白髮新，射四子半句，「老則傻」。余亦製有：佛法無邊，射四子半句，「弗去是也」。

（釋）備，蜀漢昭烈帝姓劉名備。梨園子弟，唐明皇選坐部伎子弟三百教於梨園，聲有誤者，帝必覺而正之，號皇帝梨園子弟，見唐書。後世稱優伶爲梨園子弟，本此。優，戲子。

其屬於「摹神」者。此純出一片靈機，不在以字義相扣合，所謂得之言外意者是矣。如橐園著者所製之：——

（一）彼可取而代之，（見項籍本紀）射四子，「爲政不難」。（二）汝視阿嬌好否，（見漢武故事）射「姑將以爲親」。（三）余亦製有：蜀漢陰平嶺，射外國人一，「艾登」是也。

（釋）關於一，政，秦始皇名。二，姑，指長公主欲以女（阿嬌）配帝。三，艾，三國魏，鄧艾。

其屬於「象形」者。如古謎有以：——

夜半觀日出，射「子曰」。是以曰字象初日之形也。明月半依雲脚下殘花並落馬蹄前，射「熊」字。是以四點象馬蹄之形也。又有以字象身體之形者，如：少女梳妝懶畫眉，射「兄」字。則以兌爲少女，八字象眉也。及味鱸所製之：人世幾回開口笑，射「問曰」。則以人世幾回合問字語氣，以開口笑象曰字形也。

其屬於「策問」者。大抵表裏呼應，須如夫婦之唱隨然，方得神理，如余所製之：——

日本於明治崩後誰嗣其位？射易經，「大正也」。如此製出，則大正一名，躍然紙上矣。又問羅盤刻畫分度方向有何作用處？射易經，「各指其所之」。則翕然無間矣。槃園著者，亦製有：伍員何故背楚？射「以費畔」。此則借以襯出底句之虛字也。

（釋）費、費無極，楚之佞臣。

其屬於「增損」者。如古謎有以：——

有了兒子便是老子，射菜名，「木耳」者。蓋加入子字爲李耳，乃老子名也。又如近人之以：系，射「無思不服」則以系旁加思爲緦，緦（麻布）乃喪服之輕者，故以無思字不成爲喪服扣之。余亦製有：「俳」字，射詩經二，「人之云亡，心之悲矣」。此則減去人旁，加一心字爲悲矣。

其屬於「離合」者。如魏武（曹操）之：——

一合酥，離之即爲一人一口酥也。漢童謠之：千里草十日上，合之即爲「董卓」也。關於此體，以本集（二）所載孔融離合體詩爲最詳盡，可參照之！

其屬於「假借」者。如某君之：——

座上客常滿，射「爲東漢」。是借滿爲滿人，以扣漢字也。槃園之：曲顧佳人，射「非直爲美觀也」。是借美字扣佳人也。余集中之：又是想他又是恨他，射西廂詩一，

「爲郎憔悴却羞郎」。是借他字隱郎也。

其屬於『白描』者。因無典可用之故。然如能以成語爲面，亦見精采可誦。如謎拾之：——

官冷負恩多，射「職涼善背」（解鈴）橐園之：浮生依舊嘆飄蓬，射「至今爲梗」。及余之：苟中情之好修兮何必用乎行媒，射戈甲劇目一，「婚姻自由」。即其例也。尚有從對面着墨者，純用烘雲托月，渲刷筆法，較之描寫正面者，彌覺有趣。如橐園之：別恨，射「在家無怨」。淸夜無慚，射「天明畏」。男兒長作客，射左傳，「女無敢爲賓」（解鈴）。及余所製之：餬口於外，射易經，「不家食」。料應厭作人間語，射諺一，「講鬼話」。冬盡今宵，射唐詩，「明日又逢春」之類是已。第此屬謎之用，而非謎之體也，因其與反扣似是而非，故併筆及之。不過謎有兼體者，似不必過於區分，神而明之，存乎其人耳！

謎格舉例

余原擬有謎格舉例之輯。顧以已作諸欠完備，而他求亦難應手，蹉跎歲月，幾將不能完成此一任務矣！迨最近閱香港某報「海天一角謎壇」，截及徵求選錄諸謎，竟有足以供我作爲補充之資料者，不禁喜出望外！且其中如拆巾、雙履、挈領、折柳、展翼等格，尤見新穎工緻，誠名貴也！亟爲採入以併諸原有之作，計得六十格，每格各附有例謎，並加說明，雖未敢自謂應有盡有，然凡普通所習用者，則已搜羅靡遺矣。初學得此，既不難依式摹仿，即能謎者，亦大可資爲借鏡也。茲將各格例列舉於左：——

（一）「繫鈴」當讀本字而故圈讀者曰繫鈴，俗稱勾破。例如：動植物圖案標本，射四子，系鈴，「多識於鳥獸草木之名」。即將識字加圈讀爲誌字是也。

（二）「解鈴」當圈讀而故讀本字者曰解鈴。例如：妻室隨遊宦浮沉三十年，射晋文，解鈴，「夫人之相與俯仰一世」。即將本來加圈作「有所指」之夫（此夫音扶）字，而故讀其本字作「夫人」之夫（此夫音膚）是也。

（三）「捲簾」亦作反唱。例如：亢旱，射五唐詩，捲簾，解鈴，「雨落不上天」。即將底句倒讀爲「天上不落雨」是也。解鈴格詳上。

（四）「秋千」原名千秋，亦稱鞦韆，取擲時反下爲上之義，惟須二字句者方合，若三字以上之句，則爲捲簾矣。例如：拷艷，射商號，秋千，「美打」。應解作打美是也。

（五）「諧聲」一名梨花，亦稱飛白，此屬字音之相近者。例如：故十九猶未醮也，射藥名一花名一，諧聲，「蒺藜、鷄粁」。諧爲一牙（個）改嫁，俗稱鷄冠花爲鷄粁。按此謎面文之十九兩字，須將十字頓讀，別解作十人中尚有九人未醮，故底隱以只有一人改嫁，方見神趣。

（六）「皓首」一曰雪帽，又謂之粉面，此屬首字之借音者。例如：倭奴利在速戰當以何策對付，射漢書（班超傳），皓首，「曠日持久」。應將曠作抗是也。（此謎作於抗戰時）。

（七）「素心」亦名玉帶，此屬中字之借音者。例如：母之所謂私者，射四子，素心，捲簾，解鈴，「夫夷子」。應將夷作姨是也。其餘捲簾解鈴二格，詳見上文。（註）私，女子謂姊妹之夫曰私，詩：「譚公維私」。

（八）「粉底」或稱履霜，又曰立雪，此屬末字之借音者。例如：座上客，射四子，粉底，「居北海之濱」。應將濱作賓是也。

（九）「承上」此跟上文而來者，猶制藝之承上啓下也。例如：啼時驚妾夢不得到遼西，射石人，承上，「黃鶯兒」。此黃鶯兒一名，從上文「打起黃鶯兒」而來——題文原義見唐詩三百首。

（一〇）「啓下」此跟下文而來者，餘義同承上。例如：他自己奕了手倒問別人痛不痛？射石人（渾號）一，啓下，「石獃子」，則下句爲「這可不是獃子」？是也——題語出紅樓夢傳試那兩個婆子批評寶玉說的。

（一一）「飛唱」或稱不連，言所射者，乃非相連之句也。例如：介乎表裏之間，射四子二，飛唱，「非內也，非外也」是矣。

（一二）「一氣」又名連珠，即所射底文之句，係屬相連一氣者。例如：上窮碧落下黃泉，射易經二，一氣，「初登于天，後入于地」是矣。

（一三）「接筍」即將兩種不同書中之句，使之成為意義相銜接者之謂。例如：一事無成兩鬢絲，射瓊林一・葯名一・接筍；「虛延歲月，白頭翁」是也。

（一四）「倒裝」例如：司馬有清娛之侍，射晉文，倒裝，「情隨事遷」。此因外文，先言司馬，後言清娛，而內文則先言情隨，後言事遷，於扣合上表裏失其順序，故謂為倒裝格也。（註）漢司馬遷有侍妾曰隨清娛。

（一五）「碎錦」此將底句二字拆作四字，使別成一義，故曰碎錦。例如：殺倭、護國。射字二，碎錦，「暫・堡」應讀為斬日保土是也。

（一六）「集錦」或稱分見。例如：懶簡，射聊目四，集錦，「書癡、張不量、崔猛、于去惡」。即集合數謎聯綴而成之者是也。

（一七）「夾雪，」雪者白也，言其中夾有同音之白字。（白字為別字之俗稱）。例如：曲股加髀而狎抱之，射晉文，夾雪曳白，「後之覽者」。別覽作攬是也。曳白格詳下。

（一八）「魯魚」此本諸魯魚亥豕之義，以系於底字之故作訛誤者。例如：昔日是有定分婢子敢忘大德，射三國人，魯魚，「郤正」。應讀爲郤正，因郤卻字體相近，故謂之魯魚格。（註）魯魚亥豕，言傳寫之訛誤也，見抱朴子，及家語。又郤音隙，陌韻。卻乞約切，葯韻。按此格係余之始剏，爲前人所未發者。

（一九）「加冠」例如：寺，射四子，加冠，「詩、無以言」。即將底文上句之末字——詩，加在本句之上，故曰加冠。

（二〇）「納履」例如：不悅而退，射四子，納履，「悻悻然見於其面，去」。即將底文下句之上字——去、納在本句之下，故曰履納。

（二一）「落樓」即將底句之上字，倒讀於句末。例如：登幽州臺歌，（見唐詩三百首）射三字經，落樓，「作正字」。應讀爲正字作是也。（註）正字，陳子昂也，武后朝嘗官麟臺正字，世稱爲陳正字。

（二二）「登樓」即將底句之末字，反讀於句上。例如：却喜僑居，射昔文，登樓，「向之所欣」。應讀爲欣向之所是也。

（二三）「免冠」或作升冠、落帽、脫巾等稱，此去底句之首字者。例如：乘興而來興盡而返，射四子，免冠，「不負戴於道路矣」。即讀爲負戴於道路矣是也。

（二四）「折柳」此去上二字者，例如：東來紫氣滿函關，射晉文，折柳，「曾不知老之將至」。應讀爲知老之將至是也。

（二五）「挈領」此去第二字者。例如：仙遊實壯哉，射晉文，挈領，「死生亦大矣」。讀爲死亦大矣是也。

（二六）「折腰」此去中字者。例如：羆熊，射四子，折腰，「文王我師也」。讀爲文王師也是矣。

（二七）「脫靴」一作棄履，又名力士，此去末字者。例如：郤子報笑客之辱，射四子，脫靴，「克伐怨欲」。讀爲克伐怨是也。按去句末兩字者名雙脫靴。

（二八）拆巾」將首字拆開，去半留半。例如：青陽泊歲除：射晉文，拆巾，「終期於盡」。讀爲冬期於盡是也。

（二九）「隻履」將末字拆開去半留半。例如：舊債，射晉文，隻履，「向之所欣」。讀爲向之所欠是也。

（三〇）「蝦鬚」將首字分作兩半讀之。例如：同鄉，射四子，蝦鬚，「野人也」應讀爲予里人也是矣。

（三一）「蜂腰」將中字分作上下兩截讀之。例如：卉，射地名，蜂腰，「三忠王」。應讀爲三中心王也。

（三二）「展翼」將中字分作兩半讀之。例如：直欲漁樵過此生，射詞牌一，展翼，「水仙操」。應讀爲水山人操也。

（三三）「燕尾」亦曰燕翦，將末字分作兩半讀之。例如：老母慣行刺，射四子，燕尾，掉首，系鈴，「堂高數仞」。即將仞字，讀爲刃人是也。掉首系鈴兩格，各詳本條。

（三四）「蜓尾」例如：男以女爲室，射左傳一，蠅頭轉珠，蜓尾，「食舍肉」。即將肉字拆開，讀爲內人是也。餘義及蠅頭轉珠格詳下。

（三五）「蠅頭轉珠」即將底句首字拆開而反讀之。例如：男以女爲室，射左傳一，蠅頭轉珠，蜓尾，「食舍肉」。應將食字讀爲良人。合蜓尾格而成爲良人舍內人是也。內人一義詳上。

（三六）「掉首」將上兩字顚倒讀之。例如：孟明視退而致仕，射四子，掉首，「子奚不爲政」。讀爲奚子不爲政是也。

（三七）「掉尾」將末二字顚倒讀之。例如：淅傍其衿帶間人無呵者遂從女歸，（見聊齋阿寶）射左傳、脫靴，掉尾、「楚之所寶者」，應讀爲楚之寶所是也。脫靴格見上。

此格乃余之偶然拈得，在謎書中尚未前見也。

（三八）「摘冠」例如：獨霸至微，射花名，摘冠，「茉莉」。即將茉莉之草冠摘去之，讀爲末利是也。

（三九）「徐妃」例如：甘興覇呂子明，射果名，徐妃，「檸檬」。即將檸檬之木旁削去之，讀爲寧蒙是也。

（四〇）「重門」例如：正月小二月小三月小，射字一，重門，「人」字。乃將正二三月先射爲春字，再將春字減去三日射人字，故曰重門，蓋取重門深鎖之義也，按此格，係余所捌，而謎則爲昔人所製，可與本集上文互相參照。

（四一）「一箭雙鵰」例如：壯士一去兮不復還，射字一，一箭雙鵰，「版」字。應先將壯字士旁去掉，尙餘爿旁，再以反片之義隱版字，此須以一箭貫穿兩札者，故曰一箭雙鵰也。此亦余新立之格，謎則爲味鱸所製，詳見本集上文可參照之。

（四二）「雙鉤」例如：門人爲臣，射四子，雙鉤，「孔子主我」。則讀爲主我孔子，然此格謎底必用四字句方合，若六字八字則不能謂爲雙鉤矣。

（四三）「迴文」例如：攻城爲下攻心爲上，射四子，迴文，「盂之反不伐，伐不反之盂」。此格須將一句，順逆讀之成兩句，故謂之迴文。

（四四）「曹娥」例如：正意、彼談，迎仮，辭簡，射字四，曹娥，「忠信篤敬」。蓋正意，中心也，於字爲忠。彼談，人言也，於字爲信。迎伋，竹馬也，於字爲篤。辭筒，苟文也，於字爲敬。此師東漢時蔡邕題曹娥碑絕妙好辭四字之遺意也，因名曰曹娥格。

（四五）「搭對」原名對格，例如：貫衆，瑞草，頭目，羊棗，射聊目二，搭對，「種梨，捉狐，」。即將種梨捉狐，拆開爲重禾，利木，手足，犬瓜以對之也。

（四六）「連璧」又名雙射，此格亦余之新發明者，即以一謎，分初射複射，使成爲兩謎，故曰連璧，取莊子日月爲連璧之義。例如：紂心，（見呂氏春秋注）初射成語，「一竅不通」，再將一竅不通爲面，複射四子，「未有孔子也」。如此爲謎，既可推陳出新，且不虞其與古謎有雷同者矣！

（四七）「盧山」例如：小人有母，射四子，盧山，捲簾，「在親民」。按此格係張味鱸所刱，他以爲親字，字同解異，又未加圈，而所用者乃其本字之音義，祗可作爲盧山格，此余（味鱸自稱）以意爲之，無所本也云云。觀格按：在親民，親當作新，見四書註。而民親在之親，則爲母親也，故曰字同解異。而盧山一義，爲言眞面目者也。

（四八）「叠字」即言底句中含有叠字者，惟或作兩義，或作一義，初不拘泥，要以雅切爲主。例如：朕與故人嚴子陵共臥耳，射「有客宿宿」。是上一字爲星宿，下一字爲宿處也，此以二字爲兩義者是矣。又如：滄浪之水，射「小子濯濯」。則以歇詞爲濯纓濯足也，此以二字爲一義者是矣。

（四九）「遺珠」例如：一則曰仲再則曰仲，射四子，遺珠，「連稱管至父」。即將至字遺棄之，讀爲連稱管父是也。按此格係余所搠，而謎則爲張味鱸所製，因他以多一至字作梗，無法可治爲恨，故爲立此格以成其美，並得增益本文之舉例，誠一舉兩得也。（註）遺珠，原義喻人材之見棄，見辭源。此則借用排去句中之梗字者。惟不得與免冠挈領折腰脫靴等格之位次相混，須自成一格也！

（五〇）「曳白」一作露白，亦稱露春，按謎語之面底字，最忌相犯，然此格係用於虛字之萬不可避者。例如：取之無禁用之不竭，射千家詩，曳白，「清風明月無人管」。此兩無字，必不可去，舍之又別無佳句，不得不用。若係主詞，或關鍵所在者，則斷不可犯，犯之便失其指趣矣，作者愼之！

（五一）「西文」例如：morning 射字，「譚」。因譚字爲西言早，故以扣題文英語之早上也。

（五二）「古字」：例如：古時字，射詩經，「不日成之」。按時字古作「旹」從㞢從日，見蒼石山房文字談，㞢即之字，謬將古時字，解爲無日字便成之字也。

（五三）『錦屏』又謂之鴛鴦，謎底必有對字或配偶等字方合。例如古謎：王瓜，射「配以后稷」。相無二我，射「對影成三人」。玉門關，射「金殿鎖鴛鴦」。人爵也，射「匹婦讎之」。宜日中，射「以對于天下」是也。

（五四）『截對』此屬錦屏格中之新花樣者，例如：晉人有馮婦者，射四子二，截對，「葉公問孔子於子路，子路不對」。此乃以「葉公問孔子於」爲對也，而尚餘之子路子路不對等字，則將錦屏格反用而消除之，即以六字對六字是矣。

（五五）『疎簾漏影』此係將謎底之賸字，另借一底以銷去之，必須有封衍去無等字，如錦屏格之謎底，有匹配對偶諸字方合，古謎中素所罕見，閩湖人有以蓮實，射聊目二，「荷花三娘子，封三娘」。即用疎簾漏影格抵銷外，只賸荷花子三字。近人有以：子過矣，射四子人名二，「公孫丑，公孫衍」者。亦僅僅射一丑字，頗覺奇特。棄園有以：女子陰，射四子二句，「君子也，無君子」。畫稿，射四子二，「孔子行，孔子沒」。亦屬步武此格。

（五六）『移花接木』即謎底兩句，其上下相連之字，須挪移讀之者。例如：陳壽作三國誌，射葯名一，泊人一，「阿魏，曹正」。應將曹字連上句讀之，使成爲阿魏曹，正也。又如：諸葛君可謂名士矣，射泊人二，「馬宜贊，孔明」。則又將贊字連下讀之，而成爲馬宣，贊孔明也是矣，按此格例，作者雖多，迄未立名。移花接木之號，自我擬訂，藉以增廣隱格者焉。

（五七）「諱姓」謂隱敝其姓，而獨稱其名也。例如：燈謎李政，射唐人一，諱姓，「李商隱」。應讀爲商隱是也。

（五八）「異名」謂本名之外，有以地稱，以官稱，以字號稱，以封謚稱者，均屬之。此亦余新擬之格，他人尚無是也。例如：硯，射明人，異名，「石田」是焉。（註）

——明沈周字啓南號石田，與唐寅，文徵明，仇英並稱爲明之四家，世稱石田先生，有石田集行世。

（五九）「雨滴殘荷」即將底文之上二字，各作頓讀，如雨聲之滴滴然，方得神理。例如：尖，射晉文一，雨滴殘荷格，「少長咸集」。應讀爲少，長，咸集。即以少長作雨聲，而以咸集作殘荷是也。

（六〇）「垂楊滴雨」，此格之義，與上格略同。例如：秦，射唐詩一，垂楊滴雨格，「一半是春冰」。即讀爲「一半是：春，冰」。此以一半是作垂楊，而以春冰作滴雨也。按雨滴殘荷及垂楊滴雨兩格。係近人所創，雖作用不大，而意味盎然，頗具巧思，故爲采入附加例謎，藉壯行列焉。

零墨

拙廬零墨目次

一〇二

（一）附原文節錄

（二）踽踽君和詩步元韵並呈伯行詞文四首

余五四初度值日寇投降喜作一律

憶錦江，步伯遠先生元韻

掃墓

春日郊遊

久旱喜雨

紀念三十年伉儷

秋日遊中山公園感賦

六十詠懷

答贈伯遠君并序

恭頌啓茂楊先生附跋

贈友出洋留學

弔水災

箴蹈危

文存

先嚴小傳

詩鐘話（五篇）

附錄厦門大報詩鐘補遺一則

聯話（五篇）

談鷄年

迴憶錄（三篇）

一〇五

題詞

昨天訪晤

觀格先生承示其所著拙盧零墨索余詠賦詩詞爲序漫筆以應即請吟正

文字整齊最認眞，沈郎確是匠心人。藝工定必胸懷暢，可惜孱孱太弱身●

鳩集數家珍。佩服淸神。讀君佳作口垂津。滿目琳琅何幸得。價値千緡。

淘舊且維新。妙筆生春。輕描淡寫脫凡塵。愧我才疎名又隱。難效嬌顰。

右調浪淘沙

老漁氏題詞

拙廬零墨

詩鈔

旅甖卽事四首

（一）提倡增薪

歐戰期中物價升，職工微俸有誰矜？
愴懷爲作登高籲，克告增薪勝百朋。

余鑒於歐戰中百物騰貴，外滙貶值，斯時各途商均能獲利倍蓰，而對於寄以心腹依爲股肱之職工店員之薪俸，迄未提高，至令其生活窘迫；尤以欲滙欵回國贍家者，更覺籌寄無力。爰與王雨亭、魏詠沂、洪澄潭、黃金浦諸君，發動聯絡勞働同僑，向三寶壟商會提出請願增薪之舉；並舉出代表七人。除余等五人被舉外，另選出二人加入。請願結果，蒙商會開會議決，增薪範圍以百分之廿五巴仙至五十巴仙，由各該號東視營業狀況及店夥工作能力爲增加標準，通告各商號履行在案。余以目的克遂，私心竊慰焉。未幾，各埠聞風繼起，尤覺蓬勃一時云。

（二）組織工黨

增薪已達慮根浮，澆水培根進一籌；
壟黨組成聯泗黨，互相聲應互相謀。

同人等於增薪克達後，爲澆水培根計，乃進一步組織工黨，並與泗工黨聯絡焉。按泗水工黨，係廣東分設之支部，理事長爲黃奮強君。他以吾壟首倡增薪勝利完成，自念職責所在，遂亦代表職工全體向泗商會呼籲，結果亦頗完滿，惟未明訂增薪之標準耳。先是黃君登報致余代郵信詢問通訊地址，旋又躬親蒞壟作有力之聯繫，於是商訂相與合資創辦刊物，命名曰「眞理報」，由壟黨負責編印。

（三）創辦眞理半月刊

眞理洋洋擬六經，方酣大夢有誰醒？
文章詞義驚魑魅，嫩蕊飄風慨落零！

眞理刊物係半月出版一期，總編輯一席，則請白君蘋洲暫時担任。白君乃吧城華鐸日報之創辦人，此次重遊壟地，吾黨承其貢獻特多，因其別有所事，未能久駐，乃行函菲島聘傅君先悶蒞壟承乏。詎料出版纔及三期，總編輯白蘋洲，經理王雨亭竟以文字涉嫌，被構離境，而刊物遂亦告停矣！

（四）設立平民日夜學校

勞働同僑失學多，晨昏攻讀各殊科，
春風坐立莘莘子，縮龍鳥兒唱龍歌。

南洋僑胞太半失學，尤以勞動界佔其多數，提倡教育爲當務之急，故於創辦刊物後，繼之開設平民日夜學校。日校，先由初小着手；夜校，則課以漢文、英文、巫語、國語等科。開辦後，就學者衆，校務發展，弦誦之聲，尤覺日夜不輟焉。

右作，辱承李小谷、姜老漁二先生賜題跋詩各一首，褒詞獎飾，彌增慚感！謹將二詩錄后，藉副盛情。

李先生詩云：

頓將心血灌靈苗，荒島花抽百尺條，
今日攀箋題舊事，不知吟損沈郎腰。

觀格按：旅墅即事詩，係作於廈門解放後，時余適患高血壓之疾，故李先生詩有「不知吟損沈郎腰」句，即因賤恙而致其垂念之忱者也。

姜先生詩云：

昔年荷鳳駐淸標，惠及員工海外僑。

興學創刊羣受益，增薪勝解沈郎腰。

壆川病中雜感

羈人最怕病來纏，況復阽危一息延。
緬想家鄉流別淚，誰收吾骨壆川邊？

爲因一病久纏身，（一病幾及四稔）藥灶茶壺日日親。
多謝朋儕相佽助，阨囊雖澀不憂貧。

荷藥居然起病孱，（初服中藥後延荷醫治療）儼同還自鬼門關。
黨中同志多存念，（余在壆埠曾與友人剏立工黨）過我茅廬互展顏。（時余養疴壆屬寶頓兎馮啓明兄椰園茅舍）

佛澄治病本因緣，孰得楊枝一洒痊？
獨怪彼蒼偏憒憒！不將二豎禁黃泉。

憶旅壆時病中得工黨馮啓明江金耀曁諸同志親切不斷援助賴以獲愈賦此誌感

肉骨生人感至誠，推襟通夢有誰京；
馮江高義凌霄漢！超絕汪倫潭水情？

倭禍歎　幷序

余於民廿九年冬初，被厦敵派警拘留於鼓日領館，經旬始釋。爰賦古風一篇，以紀其事，工拙非所計也。

敵寇侵華夏，金厦繼陷淪。賊騎踐踏處，十室九家貧。輾轉亂離中，有誰可告陳？蒿目流亡客，相看太息頻！處此淫威下，傷心又怒嗔！雖無縛虎力，寧肯作羊馴？移家居鼓嶼，原意避荆榛。罔料僞密探，謂吾充諜民。兒子任警政，不容作辯申。拘留敵領館，自忖伴青燐。反復俾查畢，坐牢經一旬。甘言施誘惑，中日應相親。義憤塡胸臆，捨生不帝秦。卒因無罪證，還我自由身。但願國軍至，驅倭殲海濱。同盟齊勝利，大地慶回春！

端軒主人令堂壽誕詩集題詞

徵詩上壽爲慈親，唱玉聯珠屬雅人。
留得雪泥鴻爪在，好將墨瀋作家珍。

讀踽踽君「鐘話古城東」
賦此求教，並以索和

鐘話古城故弄虛，生花妙筆有誰如？

空餘篇幅期塡滿，錯把詩人屬望余。
兩喜傳神已足佳，復拈杖子戲相諧。
（大作中有兩喜字，又戲以杖子點地句故云。）
時艱顧我雖曾感，市上狂歌愧未皆。
賃當吟社倡徵詩，七步才高仗捷思。
回雪流風呈婉轉，敢將膚學任輕隨？
曉春意義寓新生，太息干戈迄未平。
勝利而今難反顧，聊陳風骨解愁城。

節錄廈門大報踽踽君「鐘話古城東」原文一段如次：

「沈觀格先生喜作詩鐘，抗戰時期，在石碼也曾出過幾次風頭，有不少佳作發表在錦江詩社的鐘榜上。最近錦江社徵求海山七唱，也作了好幾首寄去，大約不致名落孫山。前天，踽踽在路上碰見他，他還朗吟着他的佳句是：「金婚此日情深海，杖國齊年壽死山」。又二首：「求知好似無涯海，遭困偏逢有盡山」，「瀑布高懸疑倒海，疾雷一響誤崩山」。細味他的詞句，似近於閩派，抒寫性靈，不掇拾古人糟粕，但也是老於世故深察物情的詩人。

今天我又在古城東路碰見他，他拿着一根士的杖，邊行邊點地作金石聲，我懷疑他必定又有好句，藏在肚子裏，吟在嘴唇上。問起來，果然他正在念着篔簹詩社近日徵求的曉春第一唱呢。他的佳句是：「曉望寒塘魚戲藻，春逢晴日鳥嬉林」。「曉起應懷長日計，春眠權作短時閒」。我說嬉字甚響，他喜極了，把杖子連點數下。又再吟兩首，意思都極新顥，他正打算着送到篔簹詩社去應徵呢。

……………………………………」

附錄踽踽君和詩步元韻並呈伯行詞文四首

不賦凌雲賦子虛，一寒澈骨甚相如。
花間人去風流散，指陳子懺眞 謄有窮愁幾畫余？
未必文章便我佳，相憐同病任詼諧。
狂歌當哭君休笑，散髮他年倘許偕。
垂老歸來學作詩，今吾不及故吾思。
柯亭一老如相惜，願抱奚囊杖屨隨。
艱辛八載幸重生，世事乘除總不平！

莫嘆干戈猶未息，商量端合傍詩城。

余五四初度值日寇投降書作一律

一生事業嘆蹉跎，況值東鄰起禍波。
難衆流離徒飲泣，盟軍策略共麾戈。
九三彈出昇平調，五四筵開醉暈酡。
極目普天同此樂，揚眉互奏凱旋歌。

憶錦江，步伯遠先生元韻

避亂錦江憶往遊，思鄉敢效賦登樓。
新知韻事能消悶，故友奔亡直欲愁。
虎帳受降欣此日，鸞門無阻好歸舟。
相期國運從今盛，行看天池翕衆流。

掃墓（戊子年）

兒曹未識祖坟面，用率兒曹上祖坟。
祭掃紛紜皮報本，秋霜春露感時殷。

春日郊遊

日暖風恬和氣收，杖藜隨處作閒遊。
鳥喧麗揺貧行樂，飽盡春光滌盡愁。

久旱喜雨

臘去春來雨水稀，長腰粒粒等珠璣。
天心亦解蒼生苦，爲降甘霖以潤畿。

紀念三十年伉儷（時一九四二年）

婚姻註定說繩牽，戀愛由來有夙緣。
不趁冬烘拘俗尚，却從紅豆爲情專。
卅年伉儷相連跡，一世窮通獨聽天。
多病庸才慚建樹，但期兒輩着鞭先！

秋日遊中山公園感賦

園闢中山記蘖功，遊人如織夕陽紅。
龍飛虎嘯球員賽，蝶舞蟬鳴幽徑通。
河水潺湲生白露，塵寰擾攘嘆秋風。
創深刲後有餘悸，復聽流亡訴寸衷。

六十詠懷（時在病中作）

知貧安命自悠悠，不慕豪華靜裏修。
閒誦菩提擯俗慮，六旬病叟澹無求。

答贈伯遠君并序

伯遠君撰賀聯，有兒孫遶屋籌添海句，余請改屋作膝，君許爲一字師，愧不敢當，賦此答贈

楚材有妙悟，「恨」「幸」擅覃思。
我學慚疏謭，寧當一字師？

恭頌　啓茂楊先生附跋

芙蓉作藥有奇功，太息殤醫失所崇；
不是楊君相指點，何能一貼拯卑躬。

庚寅夏，余左乳房黑暈內，突然腫硬，狀如小桃核。乳頭脹大，初覺微有痛癢，當即就醫治療。詎纏綿數閱月，凡易西醫三中醫二，非惟無少效，痛且加劇，腫尤較前擴大。或主施手術　余以宿患高血壓症，不敢輕試。楊啓茂先生曰：「盍以居家所栽盆種之木芙蓉葉，（另有一種木芙蓉植於地上者，俗稱霜降花，

與此同名異物。）搗爛，和赤糖冷粥各少許敷之，當有奇效。」遵囑敷治，果痛止腫消，日就平復，洵神驗也。拙作敬頌良醫，兼介於同病者，俾知採用焉。按本草備要載：「木芙蓉花……消腫排膿治一切癰疽腫毒有殊功。」則其功效卓著可知矣。獨惜世之瘍醫，弗思精研利用，至令良藥棄置，病者呻吟，無怪吾國醫學，日益退化，可慨也夫！

贈友出洋留學

負笈他邦志願雄，壯遊萬里乘長風；
方圓規矩遵成法，靈巧由來奪化工。

弔水災

原夫雨水濟蒼生，可是成災拂庶情。
肆虐毒龍潛海峽，淋漓蟲豸泣殘更！

箴蹈危

飄搖風雨慎疑危，事到疑危應自知；
譬處漏舟圖遠涉，縱教不溺也非宜。

誡逆流

虛心知足勿須愁，漠覘預言轉逆流；
滅頂沉舟非意外，魂從屈子復誰尤。

誌土改

一飽難謀劇可憐，窮農揮汗枉耕田；
裙衫褸裂形容槁，何幸生逢土改年。

自題六一肖像四首

傲骨嶙嶙二我眞，六旬虛度又經春。
生來不慣因人熱，友月交風聊慰貧。
南遊曾畫濟時籌，爲憫同工起帶頭。
今日髀生徒慨想，獨憐衰病志難酬！
莫愁衰病阻前程，日出雲開慰素情。
萬物資生無厚薄，體天立道到均平。
念自嬰孩失乳漿，愴懷弱體淚成行！
儀容不作痴肥相，顧影無疑瘦沈郎。

題春燈五老詩

五老謎家二老存，生離惻惻不須論。
盧君已作騎箕去，客次應邀入夢魂？

恭頌　汪一榮痔科大醫師先生并序

不佞於甲午夏，以内痔潰裂，脱肛腫痛，呻吟牀笫間。幸經親友之介得荷　先生細心敷治，遂獲痊愈焉。且以不施手術，使痔核乾蜕而根除之尤見其技之神，洵良醫也。心感之餘，爰書小詩一首爲謝。

不施刀割痔能除，盛讚先生技弗虚。
應是扁倉重降世，果然妙手獲痊予。

卉謎題句并序

盧蔚其君，有卉字射地名一謎，原底爲青墓頂經余射以三忠王，謬承嘉許具見長才卓識，詩以美之。

卉謎原爲青墓頂，偏邀射取三忠王；
多君鉅眼能明辨，肯讓楊修獨擅場。

恭頌　陳如生令昆玉齒科大醫師先生

頭童不再發，齒豁偏能栽。

妙技堪欽佩，任吾大嚼來。

詠瓊花

月鈎初上瓊花開，清馥幽閑可愛哉！
后土「無雙」名獨擅，揚州后土廟，有瓊花一株，宋丞相郊構亭花側，榜曰「無雙」，謂天下無別株也，見聞見什錄。
誰家移植鷺江來？

右作詠余家瓊花之詩也。此花植於後庭一巨盆，叢生十數莖，高可尋丈，歷時已有二十稔矣。中經日寇侵廈，棄置八載，猶幸歸來無恙。每歲自端午至重陽，開花可三四度，少或數朵，多至三十餘朵，暮放朝斂，花由葉沿生出，狀如芙蕖，惟較瘦長，色白略帶淡黃，外圍小瓣及柄托作紫色；花心細長挺出，上端構成鹿形，頗奇觀；復有蕊鬚一環，而其鬚冠，宛如千點眞珠，（千點眞珠見韓琦瓊花詩）味清香，可作飲料，功能降低血壓。但亦有稱爲曇花者（即優曇華，亦名優曇鉢華。）然據辭源所載：「優曇華爲無花果類。」且云：「可食而味劣」。而植物學大辭典，亦稱「優曇鉢即無花果也」。然則所謂曇花者實誤矣。但惜辭典中，查無瓊花一名，實屬遺憾！不過其序文中，有曰「大地之上，懷子植物不下十二萬數千種，隱花者，其數尙遠過於是……今日所已知者，一萬數千種，有有其名而不能指其物者，有睹其物而尚無以名之者，其數實繁，名物之辨，既如是其難矣」等云。則爲出於掛漏，當無疑義。顧稽之載籍，如楊州府志及朱顯祖瓊花志，亦只云：「葉柔平瑩澤，花大瓣厚，色淡黃，清馥異常」。而於所具有之特點，則缺焉而不詳。觀此，雖其形態與吾家所植者畧同，而是否彼花即此花，殊令人未敢臆斷，爰就所知及根據古籍而得者，作一「瓊花考」，附諸詩後，以俟植物專家之覈定云爾。（乙未夏作）

隋煬帝賞瓊花「題解」見稗官——隋唐演義

傳聞煬帝幸楊州，欣賞瓊花作漫遊。
開築河堤多惹怨，形成濟運足千秋！

題「瓊花考」五古一首

美女出嬌花，瓊花等仙姥。居處在瑤台，飄然降下土，雅得瓊妃稱，（注見下）榮叨煬帝武。（引用隋煬帝賞瓊花故事）韓琦曾題詩，（韓琦瓊花詩：「千點眞珠擎素蕊一環明玉破香苞。」）國炎擬修譜。（楊州瓊花天下祇一本，宋德祐乙亥北師至，花遂不榮，趙棠國炎，以詩吊之有句云：「他年我若修花史，合傳瓊妃烈女中。」載山房隨筆）悠悠千載事，「名」「物」混不剖。或言是曇花，斯說殊鹵莽。辭典概遺珠（植物學大辭典）圖鑑亦失伍。（植物圖鑑）念此天上希（鮮于侁瓊花

一二三

詩：「百花天下多，瓊花天上希」一）宜吾獨愛憮。拙作「瓊花考」，妄擬證千古，愧無掞藻才，冀或有小補！

鷹廈鐵路建成獻詞

迢迢鷹廈慶相通，萬衆歡騰此日同；
縮地長房神話事，不堪回憶是漳嵩（漳嵩鐵路！）
愚公精衛志難償，填海移山今日彰；
淡爾豐功洵偉烈，被絃銘鼎共宣揚。
致敬詞章濟濟多，我緣老病廢吟哦；
遙聞鋪軌兼程至，喜不成眠獻俚歌。

是詩，于一九五六年十二月九日鋪軌列車抵廈總站時作；當經繕呈鷹廈鐵道部隊官兵暨民工全體致敬！

除夕即事二首（丙申年）

聲喧爆竹鬧辭年，喜得渠兒水院旋；
團聚傾杯良不易！春來又告着征鞭。

四兒文渠畢業華東水利學院，丙申臘月初四告假回家省親，一別多年，相見甚歡。但以爲期僅有匝月，來春又見僕僕征塵矣。

蛟兒幾被庸醫誤，惹得親朋慰問頻；
深慶楊枝甦一洒，屠蘇酒飲賀宜春。

三兒文蛟，近以痔疾赴中醫院治療，詎意竟被醫士許某用藥不慎，致細菌侵入，肇成敗血症，危殆萬分。幸及時移入市立第一醫院救治，始得轉危爲安。曆尾，出院返家，當此除舊納新時候，一家人咸相舉觴慶幸，共頌來春萬事宜也！

元旦展望（丁酉年）

一元復始喜洋洋，士女嬉春樂未央；
眼見全民齊戮力，輝煌遠景正難量。

敬題老漁先生漫集即希郢正

渭濱罷釣阮谿涯：賦就新詩處處嘉；
老輩文娛欽壽長，宣揚善政耀光華。（文娛，政協文娛室）

文存

先嚴小傳

沈翰卿，諱榮華，吾廈文士也。原籍同安，祖西潭，父蘭樹，相繼來廈經商，遂家焉。少聰穎，有才名，與蔡維中諸子受業於名儒李維貞門下。性孝友，嘗因故爲母不悅，內疚於心，長跽請罪，至色霽乃敢退，出語人曰：「昔伯俞以母老而泣杖，我既有過，敢不知悔乎？」親有疾，輒隨侍湯藥，出告反面，晨昏參省，尤能克盡子職。年而立即赴玉屏之召，當易簀時，猶作斷續之聲，以泣告父母曰：「兒素承庭訓，原冀立身揚名，何圖天不永年，未能生事盡力，反貽父母憂……」。言訖而逝！卒之日，士林鄰里咸表悼惜。先生有弟二，友愛敦穆，極盡怡怡之樂，其三弟翰香，少時即赴南洋謀生，年十八，任商店經理職，一聞乃兄噩耗，立謝去職務，含哀遄返，以故一門孝友，遐邇稱道。先生授徒，以培植後進爲己任，而待人尤謙謙如不及，故人亦樂與之遊。藏書甚富，身故後，爲玉屏書院商請捐贈，遺著有詩文等作，惜以散佚無存云。

（此傳，已蒙廈門市修誌局採登，編入孝友門，全誌闕經脫稿，惟限于經費，致尚未付梓耳。）

詩鐘話（一）

余於鼓嶼蒙難後，卽以華僑身分，申請挈眷轉入大陸，初寓錦江（石碼），旋移居烏礁鄉，而余則在碼謀生焉。

錦江雖屬一市鎮，而文風頗盛，春秋佳日，喜慶紀念，輙有懸謎徵射，或徵詩之舉。鄭志賢，周南星，潘景澄諸子，爲錦江吟社及文虎社之柱石也。雖係新知，情同舊雨，時或過從，相與縱談古今事，頗解客愁，蓋余回首鷺門不能無「山河依舊景物已非」之感故也。

碼商會於某年舉行慶祝新會所落成典禮，以「商會」第一唱，「落成」第七唱徵詩，正取二門，捐取十門。時余適病後身弱，不耐搆思，初無意試筆，奈承吟社諸君雅意相屬，遂勉成七首，第一唱，爲：商人退敵亞高範；會戰平倭威師型。商戰連時威海宇；會師擐甲撻扶桑。商量未定時機早；會議無成意見歧。商業競爭崇信義；會盟主旨促和平。第七唱；爲：軸國餘威同日落；盟邦獲勝計時成。豪門揮霍悲中落；大器薰陶慶晚成。敵閥橫行徒沒落；吾華抗建必完成。

鐘榜揭曉後，諸門中，拙作或取或否：而獨於某門，七首俱獲入選，尤以「軸國餘威同日落；盟邦獲勝計時成」一卷。拔爲「元」作。又「商人退敵亞高範；會戰平倭威師型」。取「眼」。其餘五首，則分列於「錄」，「監」，「斗」之中。石碼老文士宋瞻甫先生對此，向余恭喜中元，是亦科舉時代之遺風也。若鄭志賢君，則以該卷師淡爲余之知己，他以爲在一二十卷中，欲挑出此七卷，既非易事，而況能悉數選者耶？余曰：然則子爲該卷師之知己矣，遂相與一粲。

（二）

錦江端軒主人，爲其令堂壽誕徵詩，特邀集當地詩人聯吟，余當時亦被邀之一，詩鐘題爲：「詩吟小雪，壽祝南州」分爲四題，詩壽第一唱，吟祝第三唱，小南與雪州，爲第五、七之唱。每題限作四首，共十六首，就各參加者所撰之卷額，彙成一集，分送各詩侶，限定名額，互相選取，然後于壽誕日會集，各就所評定之佳句，輪番宣唱給獎，（獎金多少會有規定，並由主人酌貼一部份）週而復始，至所選名額完畢乃止。得獎最多者爲第一名，餘類推；主人除設宴招待外，並對前三名例須另送獎金焉。余應徵之作，以原稿散佚故，偶一回想，幾至全部遺忘矣。現尚依稀憶及兩首，一爲「詩壽」第一唱：「詩聖唐時尊杜甫，壽翁古代仰錢鏗」。一爲吟祝第三唱：「萬衆吟呻離亂後，大家祝禱太平臨」。此兩首會謬承取爲「殿」「元」之作云。

（三）

余旅碼時洎旋廈後，凡舉行徵求詩鐘者，輒承吟友邀與撰遞，雖自知譾陋，而雅意難却，且以藉此遣興，亦殊不俗，故遂弗覺其藏拙耳。玆將應徵入選各作列下：

（甲）適中會文吟社「歡送」第五唱，爲「快意無逾歡聚日，悲情最是送行時」。又「

捷音」第六唱，爲：「四聲爲韻諧音調，七步成詩擅捷才」。此兩題尙有承選之句，但已忘之矣。

（乙）漳州悟因廬「悟因」第一唱：「悟道早懷超俗念，因時已抱制宜觀」。「悟過知非欽子路，因貧樂道仰顏回」。「悟澈禪機擯俗慮，因循陋習失靈心」。

（丙）錦江吟社「海山」第七唱，承取七首：（一）瀑布高懸疑倒海，疾雷一響誤崩山。（二）席地帷天饑粢海，交風友月飽看山。（三）世事渺茫如浩海，人情險峻似危山。（四）利慾薰心迷覺海，功名灰念隱靈山。（五）共濟敢忘超絕海，相摩毋忽借他山。（六）萬里尋親忘遠海，一朝悟道猛回山。（七）浪急正緣風捲海，雲開復見日當山。

（丁）廈門大報「大報」第一唱，係選入補遺，據該報稱：「余稿至時，適已評定發表，故於越後還取兩首，以補遺刋出，並抱惜意」（原文附後）。該兩首爲：「大塊資生無畛域，報章立論有陽秋」。「大夢方酣誰已覺，報人茹苦我曾嘗」。

（戊）貧當吟社「曉春」第一唱爲：「曉起應懷長日計，春眠權作短時閒」。又「曉望閒雲迴絕嶺，春逢亂日失生機」。云云。

附廈門大報「詩鐘補遺」一則

「大報第三期詩鐘發表後，續收到海內外佳稿甚多，湮而不彰，未免有孤雅興，如沈觀格先生之「大塊賓生無畛域，報章立論有陽秋」。「大夢」酬誰已覺，報人茹苦我曾嘗」。王孫先生之「大老神昏黃白下，報人氣短米鹽中」。皆不可多得之佳作，沈君嘗與余共事新聞畫報，今已易筆墨生涯爲算盤同志矣，故第二首云云，乃夫子自道也。王孫之報人氣短，大老神昏，亦感慨萬端。而第一首冠冕堂皇，對仗嚴整，尤推傑作，付之遺才錄，彌足惜矣。按觀格王孫二君卷，係於三日晨郵至，除發表補遺，以答雅意外，並薄致贈品，容日專人送上」。

（四）

詩鐘元作之流傳，言者津津，餘味盎然，誠堪令人値得愛好之也。余往昔於朋儕閒談中，亦嘗偶有聞及，第因當時無意搜羅，致過後便忘。下列數則，僅就憶及者舉出，藉以佐與耳：——

（一）泗水四可樓吟社於成立時，曾以四可樓徵作，（此屬魁斗格一類，即以四可分嵌上下聯首字，而以樓字嵌於下聯之第七字）。請由三寶壟工黨同志魏廩生詠沂評閱。評取結果，第一名爲：「四顧乾坤如窄室，可觀星斗摘高樓」。此卷，魏先生嘉其筆力豪邁，記得卷末評語有：「擲筆空中，昂頭天外，使氣任才，允推元作」之句云。

（二）四十年前，廈門鎮邦路粵人所開設之六和堂藥局，於開業時，亦以六和第一唱徵詩，所取元作，爲：「六出徒勞醫國計，和丸默寓課兒心」。以醫國和丸，切合藥業，而其對仗運典，亦極見工隱圓美。

（三）聞厦門在敵僞時代，曾有人舉行詩鐘之徵求，題爲和平第三唱。據傳首選爲：「墜花和雨微顰燕，落葉平階有泣蛩」。詩意凄涼抑鬱，可謂不勝其處身淪陷區之傷感矣！

（四）卷師之評卷，亦有因其思想頑固，昧於時勢，甚或違反主人之徵作旨趣，致令人不能無微辭者。如石碼商會在抗戰時期，因欲慶祝會所落成，以商會第一唱，落成第七唱徵詩。同時於其文啓中，曾叙明欲藉詩人之筆槍墨彈，以作對敵之鬥爭工具，並以紀念前方諸將士之英勇抗戰云云。（大意如是，原文不憶）詎意當地某卷師於所取商會一門，其第一名，竟爲：（商量亂日同歸隱，會晤名山勝拜官」之作。以此壓卷，是眞全無心肝者？無怪訾議紛紛，莫能爲之曲恕矣！

（五）

詩趣叢輯，載有詩鐘格式，尙見詳備，足爲初學軌模。其言曰：作詩鐘法，限以七言詩一聯，或詠兩物，或嵌兩字，取絕不相類者，錯綜其體，牽連成之，得其法則極有趣味。運其細巧之心思，詠出精工之詩句，其樂自不待言，然有時才思窒滯，非得前人佳句以開其機，則雖伏案低頭，終無益處。茲故將每種格式，各選一聯，閱者非特可藉以消遣，抑且得以觸發其心思也。分述於下：——

分詠格詩鐘法

分詠成聯，是爲分詠格，又名渾寫格，湊合天然，銖兩適稱，方爲上選，其例如左：

驢　梅

生子可憐眞不肖

得妻如此復何求

嵌字格詩鐘法

嵌字格者，即以二字之絕不相類者，嵌入上下兩聯中，要必對仗精工，天衣無縫，始見出色。惟同一嵌字，自第一字至第七字皆可，故其格式亦分七種：一曰鳳頂。二曰燕頷。三曰鳶肩。四曰蜂腰。五曰鶴膝。六曰鳧脛。七曰雁足。明乎此，則嵌字無不當矣。爰各舉一例如左：

魂夢（鳳頂即嵌第一字）

魂驚泣鬼詩難咏

夢到游仙枕易安

明集（燕頷即嵌第二字）

月明蓬島三千里
人集蘇臺第一回
未元（鳶肩即嵌第三字）
曾記未央依日月
喜聞元夜奪崑崙
素存（蜂腰即嵌第四字）
位行吾素休言命
詩以人存不在工
銀膽（鶴膝即嵌第五字）
低月照簾銀押冷
新花横座膽瓶香
奏籌（凫脛即嵌第六字）
梧葉舞風琴奏寂
花枝醉月酒籌香
口蘇（雁足即嵌第七字）

幾爲菊花開笑口
更傾蕉葉飲屠蘇

尚有蟬聯格、魁斗格、鴻爪格、雙鈎格、碎錦格、碎流格、捲簾格、轆轤格等例。因非常用，姑從闕畧，知

聯話（一）

三寶壟工黨陳文珪同志，富有熱情，入黨後。即被舉爲幹事，表現積極，堪資模範。詎意相處不久，陳君即挈眷返國，竟以紆道星洲，搭由豐茂輪船至汕頭海面遭風觸礁而沉沒，噩耗傳來，同人等極感悲傷！當爲開會追悼！余並輓之以聯曰：「半載論僑情敎力熱忱方望前途酬素志；一朝罹水阨傷心慘目直將搔首問青天」。

（二）

當吾廈陷敵，余避難鼓浪嶼時，曾被敵警部會同工部局，加以逮捕，囚於日領館，罪名則因次子任職漳地警政，有與互通情報之嫌。嗣得其查無確證獲釋。余於出獄後，題有一聯曰：「鼓嶼遭幽囚祇緣子作警官遂使敵人生惡念，蘆橋啓釁隙正爲寇伸魔爪堪供吾國喚回魂」。末聯「喚回魂」語，卒能於希望中如願以償，眼見日寇投降，贏得最後勝利，自是值得

慶幸與快心之事也！

（三）

余旅碼時，曾承石美某君，輾轉託人囑撰四聯，除以端正，忠信，仁德。道善冠首外，文義要含有格言化。爲撰如下：——

（一）端心好比河山整；正氣堪同日月光。（二）忠惟盡命標青史；信本中孚具赤誠。（三）仁深具見民胞量；德大尤存物與懷。（四）道路崎嶇難放步，善門不坦可長遊。

（四）

戊子年間，余忽嬰高血壓症，在休養過程中，每一迴溯畢生精力，無非消耗於爲家庭生計而焦心與謀慮；且念弱體多病，事業既嘆無成！加以×媳逆忤姑嫜，更增病苦！偶於報端見有「在病榻看人生」一文，不禁有同感焉！爰推廣其義，撰成一聯曰：「逆手事多，漫說人生可樂；潛心物外，方知俗累徒勞」。此雖出於一時之無聊語，要亦描寫當時社會生活之一角也。

（五）

關於其他聯文，嘗撰賀錦江王鳳池君雙親金婚七十壽慶，爲：金婚此日情深海；杖國齊年壽宛山。賀明靜先生九秩壽旦，爲：明德修身邦國治；靜安養性壽齡高。輓胡巽令先慈王太夫人，爲：勵節尙堅貞，守義含辛，罔俾共姜專擅美；立嗣偏挫折，持齋禮佛，終教孺子得成名。輓林光煥世侄，爲：醇行無虧，覗朋儕允推賢阮；英才遽殞，論損失奚只君家。題春越君遺像，爲：春去山林呈黯淡；越離塵世返元眞。又屬於商號一類者，如余所開設之豐發米舖，則撰有：豐年應作防飢計；發跡當存濟困心。及撰應萬源魚行，則有：萬寶朝宗貨財殖；源泉有本魚鱉生。建隆米鋪，則有：建立商基圖久計；隆收農產樂豐年。三合號，則有：三省吾身求少過；合心貿易倍生財。合茂行，則有：合力謀經營財源廣進；茂名馳遠近利路亨通等作。餘不悉錄。

談鷄年

——迎接勝利來臨的「乙酉」

「一元復始，萬象更新」。我國自對日抗戰已七年多了，本年歲次「乙酉」，乙酉屬「雞」，雞的爲物，具有文、武、勇、仁、信的五德。今年是勝利年，也是反攻年，在這不同凡俗的雞年，實在值得我們來檢討一下！

韓詩外傳：雞有五德，頭戴冠者，文也，足傳距者，武也，敵在前敢鬥者，勇也，見食相告者，仁也，守夜不失時者，信也。在昔祖逖擊楫渡江，誓復中原，中夜聞荒雞鳴，因起舞，卒成其壯志。孟嘗君被困於秦，亦賴雞鳴之力，脫出函谷關，以免於難，這些，都是千古佳話，使人樂道不懨的。

其他古人之讚美雞的文武兼備者，如劉孝威詩：「翅中含芥粉，距外耀金芒」。梁簡文帝詩：「玉冠初警敵，芥羽忽超儔」是也。若乎杜淹詩：「顧敵知心勇，先鳴覺氣雄」。則說牠的雄鳴。徐寅詩：「守信催朝日，能鳴送曉陰」。則說牠的守信。褚珍詩：「詭羣排袖出，帶勇向場驚」。則說牠的勇敢。還有許多讚譽的詩文，眞是琳琅滿目，不勝枚舉了。

當蘆溝橋事變，我國深知敵人抱着吞併世界的野心，曾一面獨力作戰。一面喚醒世人的注意，迨至現在表同情而加入對敵作戰的國家，已達卅餘國，這麽一來，又正暗合着古語所謂：「雄雞一鳴而天下皆白」的意義。

現在讓我將歐亞兩戰場的近勢，畧述其概：歐洲方面，東線的蘇軍，已分兵三路，渡過澳得河，猛向拍林圍攻，相距不過廿餘里，據該地難民自述，柏林的陷落，料在一、二星期之內。而西線盟軍，除已收復以前德國所反攻的失地外，已再重臨萊因河，以和蘇軍相呼應。至於太平洋方面，美軍則已解放馬里拉，以截斷敵寇南洋的通路，並且擬在我沿海登陸，以備打擊共同的敵人。再看我國，中印公路業已通車，軍用品源源輸入，我中樞爲策應盟軍作戰計，已任命何應欽龍雲爲陸軍正副總司令。我們明白了各戰場的戰訊後，一切的勝利，都在這難年要實現，使人覺得無限欣慰！然而話要說回來，勝利愈接近，困難愈加重，所謂「行百里者半九十」。深望我國民能够體會認識，急起獻身衛國，踴躍輸將，大家抱着「當爲雄飛，安能雌伏」的壯志，以好翊贊政府反攻的力量，也得迎接這勝利來臨的乙酉年！

該文於一九四五年春刋登報端，是年秋，果値日寇投降。所料弗虛！不禁狂喜！是亦抗戰中有關歷史意義之作品。雞年有知，其喜更不待言？特爲收入「壘」中，藉資留念，閱者幸勿以明日黃花視之！

迴憶錄（一）

余歲十六，出就錢業爲學徒，越年擢升司帳職，自念碌碌庸才，難以應世，乃邀同朋儕數輩，組織一夜學，延李梅生先生爲師，李師同邑諸生，徙居廈島，善詞賦，尤長駢體，才調拉一時。桃李滿鷺門，以商界爲最。蓋商人咸慕先生講解詳明，故樂於從學也。當夜學組成後，余告友人書中，亦以喜得良師，而有：「乃師事梅生老夫子也；惟老夫子之衣鉢，大非尋常者流，談經處，縱岩石亦知點頭；說法間，任天花終須墜地」之句。頗爲李師所笑許，而余之試運典於書札中者，亦以此爲初基矣。師毎命題作信，輙限用典故，嘗以「借銀」一題，限用窮神財神兩典。余是作，因中間曾插入數典，竟蒙改成爲四六文體，音節琅琅，殊可誦也。其文曰：「嗟窮神兮不去；致錢神兮不留。懷憾事之如天；覓生涯以何地。弟命知多舛；生也不辰。日逢窮神攪騷，雖一毛而欲拔；時與財神決別，縱寸鐵亦無存。境値萬難；愚勞千慮。任憑余是硬心鐵漢，到此亦强項無能；就使我爲怒目金剛，至是惟低眉喪氣。似茲，權施專制：法背共和。倘及今不籌策相驅：則此後又何堪設想？已矣天師却鬼法，亦奚以爲；拙哉韓子送窮文，莫須有事？計惟銀粉可埋鬼魄；錢刀足懾神威。敢移千數白朱提；以換年來窮骨相，庶幾哉，神揶揄弟以一窮到底；弟傲睨神以到底不窮。由是神乃不兇餤日張；因而神且將赧顏自遁。則弟之貧孱有所賴；而君之恩德爲靡涯矣。河潤幸推！財安是請」。末附評語云：「有靈心，有典料，大未易才。差在四六平仄不知，生四六平仄亦不知耳，他日當授爾平仄式」。

李師酷好杯中物。某夕，余贈奉玫瑰露一瓶，即欲取飲，生等以有酒無肴奈何？師曰：「毋須乎此」。乃獨自低斟淺酌，夜既闌矣，猶戀戀乎是，大有擬作長夜飲之概。時或慨言其家庭情况；（師以其子染有煙癖，譏之爲分府，烟分音同）。或高唱黃州卸得殘粧罷一曲，以爲下酒物。惟師雖已八十高齡，而精神尚健，既不言歸，或就寢，生等遂侍之達旦。臨行，索紙筆題一「謝酒」詩云：「似登天上似登仙，十二瓊樓夜不眠。自笑老夫多厚福，與君詩酒結淸緣」。

師，一日命題交由某君轉下，題爲：「醉行跌倒告友人書」，並附有「唐紹儀辭職陸徵祥代之」等字。某君告余曰：此附加之字，係先生命我就報上任意指出者，他說要將此十字嵌入札中云云。余咋舌曰：難題！難題！如何着筆？越數日，師出示其自作一文曰：「維李唐朝；有狂客賀。井中跌入；水底酣眠。此其忘命酒杯中；所由推尊醉仙首也。他若李青蓮以就職翰林，蓮池醉詠；陸魯望以辭官高士，麯部常供。雖云堪紹玆酒仙；然亦終輸其醉態。余也八旬人，以醪代飯，貪厥多餐。冒雨就途，雙履足失而一跌。所賴遨天有幸；竟然倒地無傷。噫嘻！足兆余之此後禎祥，享長春福，用消我所餘歲月爲不倒翁矣！書此上聞，博君一粲」。細玩限用之字，除儀徵改爲同音之維禎外，可謂悉數運入札中矣。非才大如海者，孰能成此佳構？

夜學自翘立以來，纔及兩載，其中如某某等生，則欲行休學，只剩余與王永定君二八，遂以生數過少，不得不與之俱停矣。師聞悉，喟然曰：「吾壽至八十二而已，歲月無多，奈何遽欲告停耶」！越明年，果得訃報李師已赴修文之訊，嗚呼！先師之自料，抑何神耶！然而追憶前言，令人不無怏怏於懷！

（二）

林賁夢先生吉雲，曾主泗水泗濱日報筆政，持論有卓識，文亦雄健，詩則秀倩而近於香艷一體。當廿餘年前，吾與工黨所刱辦之眞理半月刊，遭讒停版，及白蘋洲王雨亭二君被構離境後，荷官漢務司曾發表文告，大抵羅織刊物上屬於某種之嫌疑，據以爲罪，賚夢先生以其所指稱罪證，未免杯弓蛇影，自起疑忌，爲擁護眞理，伸張正義計，特撰文以反駁之，洋洋灑灑，足使構會者，爲之氣奪。越年林君謝去泗報職務，便道蒞壟觀光，即到工黨訪理事長黃宗朝君。余與吳文楚同志，聞訊趕至，相見甚歡。既由黃君僱到汽車一輛，遂共乘遊光雅蘭山，日西墜，始相與赴酒樓夜飲，飲畢，復由黃君導往馬厥猷私軒遊玩，時軒中別院有粵妓奏曲，黃君邀同聆奏，因吳君不同意，乃折回黨所。於是列坐庭中，煮茶月下，暢敘至夜闌始散，而林君亦握手告別，謂明晨赴錫江矣。抵錫後，承其來函致謝，附詩一律，題爲「與三寶壟黃宗朝吳文楚沈觀格諸君子夜飲。」詩云：『憔悴吳郎瘦沈郎，金樽絕域賴清狂。滿山樓閣能留客，半榻笙歌只瓣香。滅灼共消涼夜月，隔簾誰斷美人腸？道心已被黃姑笑！遮莫銀河較短長』。按詩意道心云云。蓋對吳君之調侃語也，而吳君亦白心照不宣矣。

（三）

虛，勞，臌，膈，素稱爲最難醫治之四大症。舊說醫學，雖曾備有方劑，然如症狀沉痼，則雖和緩再世，亦莫由施其技也！余不幸於謀生壟川時，竟遘虛損之疾，纏綿幾及四載，脫非得當地之進步醫學，與工黨同志之推誠互助，則墓木早拱矣！回首前塵，殊有值得追述之必要者：——

溯余於丁巳年出國，原應星洲某成屬銀行職務之招，詎抵埗時，該席已爲人所奪，乃轉赴霹靂埠任仲烈公司會計兼批局之職，時胞叔翰香公爲公司棧主，余之蒞霹即承其荐引也。惟時値歐戰方酣，勞動階級生活至苦，當日時艱，輒以餘力聯合同志，提倡增薪，乃組織工黨等。且兼任泗水泗濱日報爲駐霹通訊員，以是疲勞過度，體亦日弱，弗自知也。顧余生來，先天既感不足，加以父母早喪，後天又復失調，遂成爲多愁多病身矣！

當壬戌年冬，余病於店員宿舍，初以感冒，既而體弱怯風，迄難就健，在孤燈獨處之下，幸得友人陳江滔君，略知醫理，時相過從，藉質顧問，而遣岑寂，亦病中之知己也。嗣以湯藥諸不便利，乃移住余叔寓，爲時僅及兩三月，因不耐諸幼小從弟妹，爭吵喧鬧，遂假榻太和中藥鋪以療養焉。鋪中醫士曾和生君，係余友好，主人王鍾銓君喬梓，待余亦厚，處之約半載有奇，雖日進參朮歸芪，迄無少效。適先日由國內購到鹿茸些許，當予試服，豈料體已弱甚，而藥力過猛，竟迫出夢遺之疾，致一發莫能制止，症狀因而加劇！處此情況下，又逢仲烈公司以經營失敗而倒閉矣！接踵而來者，則太和藥鋪亦以生意蕭條而收歇矣！以是，乃再返余叔寓。默念客中抱病，加以失業，其焦慮抑鬱，自不待言。幸賴江同志金耀暨其他知交，時予接濟，醫藥得以無間，心滋感焉！惟病勢日見沉重，自忖必不起，然而轉念胞叔，適在賦閒，生活尚成問題，一旦不幸，何來身後費；方欲以後事囑諸工黨同志，奈氣已短促，心雖了了，而口不能言矣！當此羣醫束手，命懸一息之秋，乃急延荷蘭醫士洛呼氏診治。藥至，纔下咽，立覺心舒目朗，氣振精清，方之玉液金丹，不是過也。自此日有起色。迨後查知所服藥餌，除補劑外，兼用嗎啡以止夢遺。（按嗎啡乃一時救急之用，非可常服者），此誠彼邦醫學之特長，否則，「虛不受補」亦難望起死回生？無怪吾國舊醫學，以虛病爲四大症之一，而有「千虛易補，一火（指虛火）難除」之棘手語焉。截長補短，是不能不望今日中西醫學之交流經驗，有以彌補此一缺陷也！然余又有未能已於言者：按吾國治夢遺之藥，如金英、芡實、龍骨、牡蠣一類，確屬具有卓著之效力，但一經配合遠志、棗仁等入心藥品，則失其功用矣，何耶？蓋醫家多誤以夢遺基於「心腎不交」，故輒喜配合入心方劑以治之。不知夢遺，尚有其他原因，未可概以心腎不交論之。且因其入心，反能導致成夢？是遠志等藥爲夢遺之所忌。乃醫者不察，竟至師出無功！但亦有獨用金英芡實而收效者，不過十不得一。余則屢遭入心藥之所挫，言之猶有餘悸！古諺曰：「肺腑如能言，醫生面如土」。爰就經驗所得，縱筆及之，以俾醫學家作一參攷。（附夢遺驗方：金英，去子剔毛洗淨，芡實，各三錢，煎服立效，又芡實長服亦佳。此係近年來，得之內地某醫士所指示，服之，果有奇驗）。

余自服荷藥後，歷時約七八個月，已能作郊外之遊矣。惟尚有餘疾未愈，正在繼續治療中，詎意洛呼氏竟以返國聞矣。令人不勝悵惘！旋乃就診於荷醫珪齊力，初服其藥，體腦力較前强些。但對余飯後多汗，不汗則體冷，而終須使汗流出纔感鬆快之一病。竟誤認爲瘧疾，劑下，登時引起反應，立覺心忐忑，而溺後且滑精矣。就詢之？則敬謝不敏，謂「未能愈余病也」。憶珪醫士初見余瘦損殊甚，曾慨然曰：「可憐」！事聞於其夫人，夫人亦一具有同情心者，乃囑收診費員達余向珪醫士請免診儀。經此一請，而診費得其全部豁免矣，是亦值得感念者也。又荷醫收取診費規例，係一月中無論出診就診多少次，或給予注射之藥費，必待月終彙計列單，然後飭人收取，倘病家貧寒或未有便欵，雖爲數在數十盾，亦可先還多少，但不得少於二盾半，其便利平民亦有足多者。

余自珪醫士辭診後，因得畢業於荷蘭醫學院某僑生之同情，許爲免費施治。時余適兼患痢疾，不料就診之下，一服其藥，立見嘔吐，遂弗敢再嘗。但不知所處是何方劑，亦可見其術之不高明矣。

約當乙丑年春，會工黨同志馮啓明兄，承租一椰園，在壟屬實頓兗地方，植椰一二千株，及其他菓樹，邀余前往養痾，兼資管顧，意至善也！遂欣然許之。即僱一番婦同往，以備烹飪洗滌。抵園，則竹籬茅舍、椰雨蕉風，別有一番天地矣。居無何，因環境幽勝，空氣新鮮，日時往園中一遊，頓覺精神舒暢，故氣血亦日見充沛，深引為慰。

顧以腦力不足，飯後多汗諸病，則仍未復元。據聞德籍某醫士頗良。爰即驅車前往求治，果也藥到有功，並承指示採服散拿吐瑾粉。服後，立見觀書寫字，不感目眩頭痛矣。至於多汗一疾，則於回國後，多方調養，始逐漸告瘳焉。

余住園之經費問題。其日食及傭婦薪水，係由馮君承擔，而醫藥等費，則由黨中諸同志，按月盡力幫助，以是經濟得以無慮，情至可感，恩同再造矣！

半載後，馮君因久客思歸，乃立咔吵字將園事委余代管，旋即告別回國。先是園中有木枋被盜，曾捕到一偷兒，至是欲宣判定罪。余應召至法院，見該偷兒已在候審，當由法官訊罪處以徒刑五個月。另由一繙譯員手執聖經，代余作誓曰：「並非誣枉，否則，天地責罰」等語。余歸途竊笑此舉，特殖民主義者，利用宗教之迷信，以愚黔首耳！

一日巡園，適有竊椰者見余至，急逸去，乃將情告知此間警察分駐所，請其注意。該分所長及偵緝人員，咸諾諾承應。時值華人年關依邇，談次，相約除夕欲到吾園圍爐，余欣然表示歡迎！是夕，分所長暨屬員四、五人蒞臨，遂具饌相與暢飲，賓主極盡歡娛，至夜闌酒醺而後散。

番婦加絲巴，貌不颺，惟操作頗能幹，原係胞叔鄰家所僱用，余稔之，故携與俱來，一夕夜半，余忽患河魚之疾，絞痛難當，番婦見狀，嚶嚶啜泣，幸她習諳按摩術，當時余手掌「虎口」及「足後跟」筋，加以按捺推拏（即刮痧）。於是筋肉緩急調和，血液循環無阻，立見痛止而愈矣！使非番婦有此特技，則深夜之際，山間僻壤，將向誰以呼援耶？每一念及，此情殊難忘懷！

光陰荏苒，啓明兒既已旋國半載而返塱矣，並挈來一表弟渡閩。余見景觸動歸梓之心，一則以國事之管顧，已有馮君之表弟矣。一則自念旅外十載，多半時間為病魔所磨折，既不能有所進展，而迴思故里之妻兒廬墓，情況如何？尤在在足滋牽掛，遂決計返厦矣。商之馮君，極承其雅意相留，嗣知余意已決，乃代籌資斧，自馮君暨黨中同志友好等，各有所贈賜，頗足為歸程之需。瀕行，余為文登報向工黨諸同志辭行，曾有「恩隆邱阜，潤同江海」之句，蓋誌感也。行裝已治，當即搭由荷輪芝沙路弫號旋國，時為丙寅仲夏也。

嗟乎！駒光如駛，轉瞬迨將三十稔矣。今日操觚記此，追維往昔，殊不能不感念當時馮啓明江金耀暨諸同志，對余病中之垂愛，與友助扶持之熱情也。書成，詩以系之：——

肉骨生人感至誠，推襟通夢有誰京？
馮江高義凌霄漢，超絕汪倫潭水情！

射工黨黨員一，（繫鈴）右謎係余在印尼三寶壟工黨張燈時所製出，故隱本黨黨員名也。

覲格附識

香港

ETTA TRADINGCO

HONG KONG

95 CONNAUGHT RD. W M/F

45193
TEL. 45614
45615

CABLE:"ETTA"

干諾道西五十九號閣樓

電話：四五一九三
四五六一四
四五六一五

電報掛號"ETTA"

香港
德誠參行
Tek Seng Ginseng Hong
本號專辦
参茸燕耳
八寶珠碧
一切幼藥
各式俱備
諸君惠顧
批發零沽
一律歡迎
TEL. 47440
441153
電報掛號
CHUATONKEE
NO. 310 DES VOEUX ROAD C. HONG KONG
港行：德輔道中一三零號
電話：四七四四零・四四一一五三

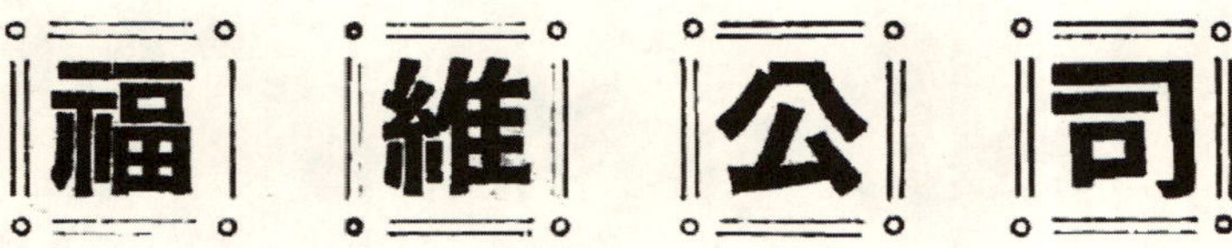

FORWELL (H. K.) COMPANY

IMPORTERS & EXPORTERS

GENERAL AGENTS FOR;

The Capital Insurance & Surety Co., Inc.

Room 204, Chartered Bank Building. Hong Kong.

TEL; 30752 20622 & 37787

新坡嘉北京街十四號

CHEK GUAN COMPANY, LTD.

No. 14, PEKIN STREET,

SINGAPORE.

安順有限公司

ANSON COMPANY LTD.

46-8 BOAT QUAY

SINGAPORE

TELS: 25306. 34931.

75339. 78593.

鳴謝啟事

家嚴平素愛好中國古典文學，于詩詞及燈謎，尤有專長。近出其數十年心得撰寫之「拙廬談虎集」一冊，對燈謎之歷史、格式、實例等，敍述甚詳，係一完整之燈謎專書，具有古典文藝價值，足資學者之研究與參考焉。

本書蒙香港韓振東、陳清林、洪超羣諸同學，及新嘉坡張慶類，康振福，鄭甘祥，劉鍾賢諸摯友之襄助，始克順利出版，特此申謝！

沈文炳識

一九六〇年春

拙廬談虎集

著　作　者：沈　　觀　　格

發　行　者：洪　　超　　羣

地　　　址：香港銅鑼灣道31號4樓

星洲發行者：沈　　文　　炳

地　　　址：新加坡牙龍38巷4號

承　印　者：大　新　印　刷　廠

地　　　址：香港電氣道260號地下

定價：每本港幣四元正

附錄

古硯齋謎集

許宗岳

文虎
一冊

古硯齋謎集序

吾友鏽伊詞人刻其所着春燈集余既序之矣茲又出其先師許太淵茂才古硯齋謎集見示并囑以一言序之嗟乎卌六料之前輩幾同魯殿之靈光百餘則之迴辭何異曹碑之黃絹想見春秋良夜風月宜人翰墨清閑賓朋雅集興酣筆落鐘腰數於鳳山靈鐍犀通凱驗壇之牛耳串慶語於華鬘天上大都紙醉金迷證微言於轉達池頭總是蘭因絮果時則拈來片楮踪跡非落帽之風望去成行參錯訝繫鈴之樹螳臂九曲道是頭頭蠶縛千絲緒原縷縷解幼婦外孫之句盡得風流縛安妃織女之詞不可思議蓋無意處可以悠然會之雖有心人方能偶爾得此斯雖文章之遊戲實為風雅之聰明者矣抑余重有感焉今夫文人末技且薄雕蟲通士多

才不尊射虎茂才以淵沈之學綺麗之思固應出彼緒餘潤
茲鴻業以鳴盛世而播休音乃蹭蹬不前魚登屢困遂使
十年刻鳳終見斧於天公空教一日解牛竟傳燈於弟子
藉藉湜以壯韓門之色由趙張而存鄭志之意收拾墜餘
之夢從知兩世交深安排劫後之灰更感千秋事大則此
一集也匪特留前賢鱗爪於此中得遇吾師且足勵末俗
澆漓俾後人不遺故舊此余所以樂為之序而書其所懷者
也癸酉四月廿八日後學賀仲禹敬序於繡鐵盦之南窗下

題詞

文擬雕龍技精射虎才名久噪鷺江滸胡為竟以秀才終壯
年遽爾騎鯨去　秦客廋詞齊髡隱語粲然併向毫端吐祇
今春社彩鐙前尚傳鬥角鈎心句　射覆花晨張鐙月夜當

年錦句爭傳寫魯齋家學有淵源一時庠序增聲價　鹿洞
停車虎巖繫馬鯫生廿拜高風下何須幼婦翻鴻才直欲
中郎駕
繡伊老友以
許文淵先生謎稿屬題勉調踏莎行二闋錄塵指政
弟陳文孫未定稿
禧幼侍　師門每聞談謎心焉好之比年稍長則　師歸
道山已久苦覓遺稿殆將廿年嗣由陳君厚庵抄得此
卷（增一）未載謎底酒後茶餘恆出以質同人偶為射中輒錄
其下計得百餘條精確者居十之七八爰都為集嗚呼
吾　師文采風流可傳者豈獨謎語也哉顧此卷復多
殘缺刼塵如夢文章厄九可勝悼歟

珍珠百斛串來工渺渺犀心何處通惆悵名流吹易盡
鳳山一夜落燈風
六街詞客踏金鰲綺語飛來妙緒多已慣摩碑題幼婦
筠箋檀勝寫曹娥　師工楷法
羯鼓無聲花欲蟬解鈴難索繫鈴人可憐古硯津津墨
幸作珊瑚鐵網春
不見當年丁卯集傷心弟子此傳燈無聊射虎成前夢
我亦垂垂老灞陵

受業李禧拜稿

古硯齋謎集

文淵許宗岳製

四子

筝　其爭也君子

周　比其反也

子　此一時也

五　二句不連　用其二所去三

圇　落帽捲簾　居中國去人倫

治命　不疾言

檡榈　可坐而定也

偃師　二句　子游子張

輪迴酒　下飲黃泉

建安文章　作者七人矣

飛鳥忘機　習矣而不察焉

更饒娬媚　徵於色

火人著絲　五十者可以衣帛矣

良金寫狀　以追蠡

請公入甕　註　則以其人之道還治其人之身

風鑑先生　三字　相夫子

新室朕肱　落帽　莽之臣

戰敗者斬　二句不連而解　如不勝必殺之

撲拳賣膏藥　二句　可使有勇且知方也

阮瞻謁太尉　衍　千里而見王

濯濯如春月柳　貌思恭

橋字義取高而曲　非謂有喬木之謂也

洪武一崇禎十七　大明終始

漢武帝寵移合德　有他不燕

魏顆矯父彌留遺[illegible]　其命亂也

太史奏客星犯御座甚急帝笑曰故人嚴子陵共臥耳

其危乃光也

甲長　龜為前列

合海　元吉在上

午後冒風醫藥無功　未感害也

尚書

小友　孺子其朋

蔡順　龜從

仲弓曰　言乃雍

南渡何年　其在高宗時

生離兩地　牛一

李君錫褚登善　顯忠遂良

雙懸日月照乾坤　明光於上下

松濤　樹之風聲

孫權勸使就學　訓于蒙士

這惡瘡不是我傳染的　惟女自生毒

毛詩

也　池之竭矣

謔　言之虐也

枕流　其耳濕濕

邇言　遐不謂矣

孟襄陽倦遊京師 一句去上三字　浩然有歸志

以三寸舌為帝王師　其良能也

靖節先生息交絕遊　陶以寡

上至柏人心動弗宿　危邦不入

願乞君侯復留期年 二句不連　寇至十二月

身體患麻木症候十分惡 二句　人而不仁疾之已甚

蒙正對曰臣諸子皆不足用　可也簡

民多病疫時雨不降山陵不收 二句不連　行夏之時菑害並至

為問亡秦誰首難應留名籍到今傳

楚人勝

是夭子蠻殺御叔弑靈侯戮夏南出孔儀喪陳國

不祥之實

青衫唐謫宦白面魏朝郎 二句

樂天者何晏也

柯述

媒妁之言

多言而躁

靜而後能安

明第人物文學時稱三絕

其揆一也

周易

優

其于人也為加憂

陽貨

日中為市

何曰臣不敢亡 解鈴

以求信也

二人　捲簾　　天作之合

壯有室　　八月在宇

吳亡地　　對越在天

馬兒向西　　匪車不東

幾掠蹄躔而去　解鈴　　風其吹女

而能用秦柄者　　其儀一兮

匈奴號為飛將軍　　漢之廣矣

臧文仲使國人祭之　　爰居爰處

知穆公之可與有行也　　奚其適歸

變姓名披羊裘隱身齊國澤中

不顯其光

衆辱之曰能死刺我不能死出我袴下

大無信也

僕閱人多矣未有如季者有女願奉箕帚 二句不連　我相此邦之子于歸

袨　九月授衣

海外賓服 捲簾　亂生不夷

生兒喜似香山慧　樂子之無知

左傳

妥　餒而弗食

詐敗　戰不正勝

先生公　師無私焉

大家筆墨　昭其文也

内無怨女外無曠夫　人各有偶

處女看春宮含情想像中 二句
他日我如此必嘗異味

前代衣冠
時乃大明服

藥名

朔漠 北沙苑

坐不垂堂 千金子

佩韋自寬 急性子

字謎

二月十五八月十五 秦

佳人無處覓消息問東陵 卦

一行從此分南北道路迢迢二百亭　衛

子母錢數　笨

諺語

酷肖蒼鷹 官諺一　都是這個樣

號寒蟲自詡文彩　鳳凰不如我

勝相士多者千人寡者百數兮乃于先生而失之　一毛不拔

國勢鼎峙　三不統

韻目

首為對策　一董

地名

鳥中之曾參 古縣一　義烏

自稱臣是酒中仙 古地名一　醉李

自是潮之士皆篤於文行延及齊民至於今號稱易治 縣名二

昌黎　德化

石女 古縣一　蒙陰

六才

炙　斜月殘燈

日對月　分明互證

夫火烈民望而畏之　猛鷲

四時行焉百物生焉　盡在不言中

欲得賢如梁伯鸞者　有心待舉案齊眉

吏 使人離鉄

聊目

菊婢二 黃英 鴉頭

望舒二 嫦娥 車夫

背主 負尸

縞素漠漠開風沙 畫馬

蒙經

尊經 父之過

大樹將軍 衆稱異

晬盤之敬 作周禮

偃之言是也 解鈴　尚游說

將本折算畢贏餘尚加一　八十二

虎兕出于柙龜玉毀于櫝中是誰之過歟

皆有由

舉書

屋 詩品一句　握手已違

廣 仝上　如鑛出金

泰 唐詩一句　一半是春冰

檮 憲書一　合壽木

晏子 古文一句　晚有兒息

叔灰 聖經一句　化三千

秋分 唐詩一句　白露先時降

眼底無人 禮記一句　見同等不起

獻斤投李 詩品一句　與之浮沈

柳愚溪不合下俗 詩品一句 捲簾　落落元宗

我誰想這番遇神仙 唐賦一句　本無心以引縈

自以為身殘處穢動而見尤欲益反損是以獨抑鬱而誰與語 唐詩目二　龍門　宮人怨

人名

爭勝 春秋人一　鬭贏

梅妻 名妓一　花魁娘子

幾生修到 古人一　梅福

也連忙答應 名姬一唱好　張好好

清徵一曲鎮宵閑漫記眉心鎖遠山星眼幾回空悵望月明

空有好風還 名姬四　琴操 莫愁 盼盼 夜來

為邦制度衷三代 明人三　夏時 商輅 周冕

諸葛君可謂名士矣 泊人二宣贊 孔明

欲窮千里目更上一層樓 古人二去姓　致遠 向高

雜俎

湅 劇目一　反西涼

太真出浴 寶器一磁器一借　玉環 筆洗

父考曰善陳孺子之為宰 歲月名　嘉平

腰廻小蠻舞額卸壽陽妝 笛曲二

折楊柳　落梅花

耿耿黃昏後傷心淚不乾　紅粧頻瘦損留骨與君看　物一

燭

燕燕鶯鶯翠翠紅紅處處融融洽洽風風雨雨花花

草草年年暮暮朝朝　六才三字　曲牌一

一對對　字字雙

野燒　轂陽　拜石　渠儂　曹娥格一

焚香祝夫

蒼波　江都　故主　六五　曹娥格一

清涼居士

燈樹　北梗　發財　梵語　仝上

橫槊賦詩

度不中不發發即應絃而倒　匾額一

李廣將軍箭

動植物名

首提　鳥名一　　戴勝

汾陽府　鳥名二　　郭公　爰居

附錄

春山染翰樓謎剩

蔡摶

春山染翰樓謎序

蔡君文鵬善屬文工書法謎非其所嗜以與余過從密偶戲爲之輒多佳製始歎驗人慧腕固無不工也既入學校遂不爲此戲其後諸友再角逐謎場則文鵬已下世綠酒紅燈時深惆悵向乃弟索得此卷置諸案頭又經歲月累加芟夷都爲一集恍然當日切磋文字情況文鵬有子名壽霖年十三四從余讀詢以文鵬書籍文稿悉散亡以盡此卷殆碩果僅存矣文鵬之學可表見者祇此豈文鵬意耶抑廿年來諸友文字類多散失其卷帙裒然完好者反在謎語然則小品文字或不阨於刼塵也好謎者足自豪矣已未十月繡伊李禧序於白鷺洲白鹿洞下靜室

文鵬春山染翰樓感賦　　繡伊

青山一角夕陽樓螺黛曾供畫筆鈎利市爛衫收涕淚餘生

孤注擲溫柔蔡家酒貿麻姑降君十年潦倒乃青一衿娶婦曹女頗相得不數年相繼下世

碑禁幼婦愁翡翠蘭苕隣佛閣如何福慧不雙修

春山染翰樓謎剩　大鵬蔡　搏製

受業陳秉涵
男　壽霖　校

行中矩　四子一句　遊必有方

淵明　回也不愚

皇后　匹夫而有天下者

丈夫生　其良人出

攬鏡視之見畫黛彎長瓠犀微露
笑容可掬宛然在目變極　象喜亦喜

歸歟歸歟　子曰回也

齊饑　是未得飲食之正也

曲終人不見　亂則退

安步可以當車　不俟駕而行

貧而樂　無足以解憂者

恤 貧

杞大夫

乃審厥象俾以形旁求于天下 繫鈴

三姑六婆 二句

子革 毛詩一句

高山流水之操豈復有知音者

小大之獄

女自房窺之

厥夫婦

久則敬衰

檮杌

每讀喪禮泣下沾襟

錐處囊中執能脫穎而出

亦不足弔乎

夏后氏以松

舉相似也

有婦人焉 九人而已

相鼠有皮

思無期

以望楚矣

斷哉庶正

奚其適歸

容人不恭

南國之紀

當是在服

莫遂莫達

貴昆仲
平安行
西岐之師
子糾之難死者何人
般鑒　書經一句
甾
既而曰　易經一句
貧窮起盜心
陸遜入陣中迷亂不知所出
軾　禮記一句
君子之澤
長庚入懷
從禽

此令兄弟
君子攸寧
於幽斯館
是絶是忽
于湯有光
小人在野
乃徐有說
不利為寇
困於石
車得其式
盛德在水
是為白也母
不離飛鳥

泥馬　左傳一句
諫者有刑
宰我曰
無父無君
蔭尸
癬室
父外寄書
娶妻於虞
賢妻
為秀才時便以天下為己任
女自房覲焉曰子晳信美矣抑子
　南夫也夫夫婦婦所謂順也
適子南氏

康王跨之
是言罪也
言出于予口
孤不天
死且不朽
祀爰居
以示子家
齊其為陳氏矣
匹夫為善
進思盡忠
望楚而歸之

查

小典

白首一先生

乞纙

憷

誓及黄泉 春秋經一句

先穀 山海經一句

先 尔雅一句

適子南氏 古文一句 落帽

父一而已 四子註一句

其容有戚 四子人一

農之子恒為農 唐人一

由也為之 四子人一

其周公之東乎

大而弗當

其師老矣

必告不穀

未有貳心

盟於幽

其名曰銚

以金者謂之銑

為楚也妻者

其尊無對

顓閔

田承嗣

季任

晚有兒息　左人一　晏嬰

不重生男重生女　石人一　多姑娘

後題著五言八韻詩　宋人一　張詠

躬身礼數迎　東漢人一　張恭

東方明矣　美人一　夷光

金永年　古人一　白壽

言念君子　樂器一　懷風

子過矣　六才一句　一時紕繆

曳白必非必非　是鬼病侵

孩　一時半刻

何前之渺渺而遽纍然　三句　本宮　始終不同

遡然而慚曰陰慘之氣非但不為君利若此之為則生前之垢　戚謝歡招

西江不濯矣　千字文一句

春風不相識　志目一　狂生

子路行以告　果報

點睛則飛去　志目二　畫壁龍

晏安　木別二　平仲　無患

未之思也　草別　懷羊

與之粟五秉　魚別一　冉遺

苻堅得王猛比先主之於孔明　詞牌一　如魚水

同文書庫・廈門文獻系列

第一輯

第二輯

同文書庫·厦門文獻系列

第三輯

壹　胡　鉉　椽筆樓初集

貳　吴錫璜　吴瑞甫家書（外一種）

叁　邱煒萲　菽園贅談

肆　蘇逸雲　臥雲樓雜著

伍　蘇警予　曠劫集

陸　黄伯遠　莊克昌　紅葉草堂筆記　感舊録

柒　葉長青　松柏長青館詩

捌　海天吟社　鷺江梅社　海天吟社詩存　鷺江乙組梅社吟草

玖　林爾嘉　菽莊叢刻（外二種）

拾　陳桂琛　近代七言絶句初續集

第四輯

壹　吴蔭年　吴兆荃　繪秋樓詩鈔　小梅詩存

貳　吕　㵰　介石山房詩稿（外一種）

叁　邱煒萲　嘯虹生詩鈔

肆　李維修　寸寸集（外一種）

伍　沈觀格　拙廬談虎集

陸　江　煦　草堂别集　圭海集

柒　謝雲聲　靈簫閣謎話初集

捌　曾兆鼇　玉屏書院課藝

玖　林爾嘉　菽莊小蘭亭徵文録　鷺江泛月賦選

拾　江　煦　鷺江名勝詩鈔